JEWS FREE SCHOOL
MODERN LANGUAGES
LONDON NW1 9HD

Collection
PROFIL LITTÉRATURE
dirigée par Georges Décote

Série
PROFIL D'UNE ŒUVRE

La Chute
(1956)

CAMUS

**Résumé
Personnages
Thèmes**

PIERRE-LOUIS REY
agrégé des lettres,
assistant à l'université de Paris X

HATIER

© **HATIER-PARIS** 1970

Toute représentation, traduction, adaptation ou reproduction, même partielle, par tous procédés, en tous pays, faite sans autorisation préalable est illicite et exposerait le contrevenant à des poursuites judiciaires. Réf. : *loi du 11 mars 1957, alinéas 2 et 3 de l'article 41* • Une représentation ou reproduction sans autorisation de l'éditeur ou du Centre Français d'Exploitation du droit de Copie (3, rue Hautefeuille, 75006 Paris) constituerait une contrefaçon sanctionnée par les articles 425 et suivants du Code Pénal.

ISSN 0750-2516   ISBN 2-218 04990-2

Sommaire

INTRODUCTION	7
1. Camus et « La Chute »	9
Camus en son temps	9
Camus à l'époque de *La Chute*	15
Sources	17
Genèse	19
Place de *La Chute* dans l'œuvre de Camus	21
2. Le texte	24
Situation	24
Résumé	24
3. Forme et interprétation	31
A quel genre appartient *La Chute ?*	31
Composition	34
Symbolisme des lieux	39
Clamence	42
Le thème de la culpabilité	51
La Chute et le christianisme	52
Portée morale et politique de l'œuvre	54
4. L'art de Camus	60
Le mythe et ses implications	60
Classicisme de *La Chute*	64
CONCLUSION	67
Annexes :	
La Chute devant la critique	71
Bibliographie	73
Index des noms propres	76
Thèmes de réflexion	78

Introduction

Le 17 octobre 1957, Albert Camus se voyait décerner le Prix Nobel de littérature par l'Académie royale de Stockholm « pour l'ensemble d'une œuvre mettant en lumière les problèmes qui se posent de nos jours à la conscience des hommes ». Quoique ce fût aussi bien l'auteur de *L'Étranger* ou de *L'Homme révolté* qui fût couronné, ce prix jetait un jour tout particulier sur *La Chute*, publiée l'année d'avant, et qui apparaissait dès lors comme le terme de l'itinéraire distingué par les Académiciens. Le 4 janvier 1960, Camus était tué dans un accident d'auto ; les études sur son œuvre se multipliaient aussitôt, on découvrait un destin à cette œuvre qui se cherchait encore, et *La Chute*, de nouveau, se trouvait privilégiée par la critique : faisant du hasard nécessité, certains y voyaient la conclusion normale d'une œuvre aux directions souvent incertaines, d'autres le point de départ d'un renouveau artistique ou moral de l'auteur. On ne saurait méconnaître cet aspect important du rôle de la critique, qui consiste à organiser le désordre du réel, et à donner aux œuvres un sens que l'écrivain lui-même ne pouvait parfois pressentir. Dans le cas qui nous intéresse cependant, il importe de se garder des simplifications hâtives, voire d'une certaine forme de « sensationnel » auquel la destinée tragique de Camus incite dangereusement. L'honnêteté de Camus (il n'aimait pas entendre parler de son « honnêteté », mais, faute de mieux, il nous semble que ce mot le caractérise assez bien), son honnêteté, donc, doit nous servir d'exemple : en abordant son œuvre avec modestie, quitte à hésiter bien souvent, et parfois à se contredire, on servira plus fidèlement sa mémoire qu'en y découvrant le progrès sans faille d'un esprit totalement maître de lui-même.

Disons-le franchement : si nous devions faire lire une œuvre caractéristique de Camus à quelqu'un qui ne connaîtrait rien de lui, ce n'est pas *La Chute* que nous choisirions ; nous lui préférerions *La Peste* ou *L'Étranger*. Qu'on ne voie pas là un jugement de valeur. Peut-être sommes-nous victimes de l'histoire littéraire qui tend déjà à figer Camus autour de deux ou trois thèmes, plus facilement accessibles ailleurs que dans *La Chute*. Peut-être aussi nous paraît-il que la simplicité de Camus, sa bonté, ce mélange de sérieux et de sérénité lisibles sur ce visage désormais connu de tous sont bien mal servis par ce Clamence que *La Chute* nous présente. Là réside le danger, justement. On connaît Camus comme un ami plutôt que comme un créateur. Son sourire familier nous fait parfois oublier son génie. Œuvre grinçante, dont on ne sait si elle pousse les idées de Camus à la limite, si elle les défigure ou si elle en prend délibérément le contrepied, *La Chute* a au moins le mérite de poser les vrais problèmes littéraires ; peut-être y perdrons-nous l'homme que nous aimons pour y découvrir un auteur : la gloire de Camus n'aurait qu'à y gagner. Il faut savoir rendre hommage à l'exemple moral qu'il a représenté et représente encore, tout en se convainquant que de bonnes intentions n'ont jamais suffi à faire un grand écrivain. L'étude de *La Chute* nous permettra, espérons-le, de voir en quoi ce juste était aussi un grand artiste.

Note : Les références aux œuvres figurent au bas des pages, accompagnées de l'indication de l'édition utilisée. Toutefois, les références à *La Chute* ont été maintenues dans le corps du texte et ne comprennent pas d'indication d'éditeur : toutes renvoient à la collection Folio (Gallimard, éditeur).

Les noms propres suivis d'un astérisque renvoient à l'index situé à la fin du volume (p. 76).

Camus et « La Chute » | 1

CAMUS EN SON TEMPS

Vie et œuvre de Camus	Événements artist. et litt. en France	Événements artist. et litt. dans le monde	Histoire et civilisation
1912	Alain-Fournier : *Le Grand Meaulnes*. Apollinaire : *Alcools*.	Kandinski : *Du Spirituel dans l'Art*.	
1913 *(7 novembre)* : Naissance d'Albert Camus à Mondovi (Algérie). Son père est ouvrier caviste dans une exploitation vinicole.	Proust : *Du côté de chez Swann*. Braque : *La Femme à la Guitare*. Barrès : *La Colline inspirée*.	Stravinski : *Le Sacre du Printemps*.	
1914 Le père de Camus est tué à la guerre. Sa mère vient s'établir à Alger (quartier de Belcourt où habite Meursault dans *L'Étranger*). Elle y vivra de façon presque misérable.			(2 août) : Début de la Grande Guerre. (Septembre) : Bataille de la Marne.
1915		Premiers films de Chaplin.	Théorie de la relativité généralisée, par Einstein.
1917	Valéry : *La Jeune Parque* Satie, Cocteau, Picasso : *Parade* (1er spectacle cubiste)		Révolution russe.
1918 Camus entre à l'école communale de Belcourt.	Mort de Debussy et d'Apollinaire.		(11 novembre) : Fin de la Grande Guerre.

Vie et œuvre de Camus	Événements artist. et litt. en France	Événements artist. et litt. dans le monde	Histoire et civilisation
1919			Traité de Versailles.
1920		Mort de Modigliani.	
1922		Joyce : *Ulysse*.	
1923 Entrée au lycée en qualité d'élève-boursier.	Braque, Picasso : *Natures mortes*. J. Romains : *Knock*.		
1924	Breton : *Manifeste du Surréalisme*.	Mort de Kafka. Th. Mann : *La Montagne magique*.	Mort de Lénine.
1925		Eisenstein : *Le Cuirassé Potemkine*.	Pacte de Locarno.
1926	Gide : *Les Faux-Monnayeurs*. Mort de Monet.	Parution du *Procès*, de Kafka.	
1927	Mauriac : *Thérèse Desqueyroux*.		Lindbergh traverse l'Atlantique.
1928 Camus fait partie de l'équipe de foot-ball du Racing Universitaire d'Alger. Il joue gardien de but.	Malraux : *Les Conquérants*.	Huxley : *Contrepoint*. Brecht-Weill : *L'Opéra de Quat'sous*.	Découverte de la pénicilline.
1929 Première lecture de Gide.		Débuts du cinéma parlant. Faulkner : *Le Bruit et la Fureur*. Hemingway : *L'Adieu aux Armes*.	1929-33 : Grave crise financière aux États-Unis.
1930 Camus passe le baccalauréat. Il souffre des premières atteintes de la tuberculose.			

Vie et œuvre de Camus	Événements artist. et litt.		Histoire et civilisation
	en France	dans le monde	
1931 Entre en Lettres Supérieures (Lycée Bugeaud à Alger). A pour professeur de philosophie Jean Grenier, dont il deviendra le disciple et l'ami.		1931 : Faulkner : *Sanctuaire*. Giacometti : sculptures-objets.	
1933 Milite au Mouvement antifasciste.	Malraux : *La Condition humaine*.		(30 janvier) : Hitler accède au pouvoir.
1934 Premier mariage. Divorcera deux ans plus tard. Adhère au Parti Communiste : fait de la propagande dans les milieux musulmans.	Giraudoux : *La Guerre de Troie n'aura pas lieu*.		Découverte de la radio-activité artificielle.
1935 Poursuit ses études à la Faculté d'Alger tout en occupant, pour subvenir à ses besoins, de modestes emplois.	Bernanos : *Journal d'un Curé de campagne*.		
1936 Diplôme d'Études Supérieures sur les rapports de l'hellénisme et du christianisme. Lecture de Pascal, Kierkegaard. Fonde le Théâtre du Travail. Écrit *Révolte dans les Asturies*, pièce interdite par la censure. Joue avec la troupe de Radio-Alger.			Hitler réoccupe la Rhénanie. France : Le Front populaire est au pouvoir. Espagne : Guerre civile.
1937 Écrit dans *Alger Républicain*. Ne peut, pour raisons de santé, se présenter à l'agrégation de philosophie. Publication de *L'Envers et l'Endroit*.		Exposition de l' « Art dégénéré » à Munich, organisée par les nazis. Picasso : *Guernica*.	
1938 Lecture de Nietzsche. Entreprend *Caligula*.	Sartre : *La Nausée*. Malraux : *L'Espoir*.		Accords de Munich.

Vie et œuvre de Camus	Événements artist. et litt. en France	Événements artist. et litt. dans le monde	Histoire et civilisation
1939 Publication de *Noces*. Enquête en Kabylie.			(Août) : Pacte germano-soviétique. (3 septembre) : Début de la seconde guerre mondiale.
1940 Second mariage. Quitte l'Algérie. Termine *L'Étranger*.	Aragon : *Les Yeux d'Elsa* (1940-1942).	Mort de Klee. Hemingway : *Pour qui sonne le glas*.	La France est envahie. Juin : Pétain accepte l'armistice, le général de Gaulle appelle à la résistance.
1941 Termine *Le Mythe de Sisyphe*. Milite dans la Résistance.	Mort de Bergson.	Brecht : *Mère Courage*.	Les États-Unis entrent en guerre.
1942 Publication de *L'Étranger*. Le débarquement allié en Algérie le séparera de sa femme jusqu'à la libération.			(8 novembre) : Débarquement allié en Algérie et au Maroc.
1943 Publication du *Mythe de Sisyphe*. Envoyé par « Combat » à Paris. Entre comme lecteur chez Gallimard. Première *Lettre à un Ami allemand*.	Sartre : *L'Être et le Néant*.	Brecht : *Galilée*.	Chute de Stalingrad.
1944 Représentations du *Malentendu*. Rencontre avec Sartre. Éditorialiste à « Combat » (désormais librement diffusé).	Sartre : *Huis Clos. Le Sursis*.	Mort de Kandinski.	(25 août) : Paris est libéré.
1945 Enquête en Algérie sur les massacres de musulmans à Sétif. Représentation de *Caligula*. Rencontre avec Gérard Philipe.	Mort de Valéry.	Mort de Bela Bartok.	(8 mai) : Armistice. (6 août) : Hiroshima. Création de l'ONU et de l'UNESCO.
1946 Voyage aux États-Unis. Se lie d'amitié avec René Char. Découvre l'œuvre de Simone Weil.	Prévert : *Paroles*.		Installation de la quatrième république.

Vie et œuvre de Camus	Événements artist. et litt.		Histoire et civilisation
	en France	dans le monde	
1947 Proteste contre les répressions de Madagascar. Quitte « Combat ». Publication de *La Peste*.		Malcolm Lowry : *Au-dessous du Volcan*.	
1948 Voyage en Algérie. Représentation de *L'État de Siège*.	Montherlant : *Le Maître de Santiago*.		(Février) : Coup d'État communiste à Prague.
1949 L'état de santé de Camus s'aggrave. Représentation des *Justes*.			La Chine devient République Populaire.
1950 Publication d'*Actuelles I*. Activité très réduite.	Ionesco : *La Leçon*.		1950-53 : Guerre de Corée.
1951 Publication de *L'Homme Révolté*. Polémiques avec la presse d'extrême gauche	Julien Gracq : *Le Rivage des Syrtes*. Mort de L. Jouvet et d'A. Gide.	Mort de Schönberg.	
1952 Voyage en Algérie. Rupture avec Sartre.	Mort d'Éluard.		
1953 Prend position en faveur des insurgés de Berlin-Est. Publication d'*Actuelles II*. Mise en scène au Festival d'Angers.	Beckett : *En attendant Godot*.		Mort de Staline.
1954 Activités politique et littéraire très réduites. Publication de *L'Été*.	S. de Beauvoir : *Les Mandarins*.	Mort de Matisse.	Indépendance de l'Indochine. (novembre) : Début de la guerre d'Algérie.
1955 Représentation d'*Un Cas intéressant* (adapté d'après D. Buzzati). Voyage en Grèce. Collabore à « *L'Express* ».	Mort de Claudel. Robbe-Grillet : *Le Voyeur*.		

Vie et œuvre de Camus	Événements artist. et litt. en France	Événements artist. et litt. dans le monde	Histoire et civilisation
1956 (janvier) : Voyage et conférence à Alger : appel à la trêve civile. Cesse sa collaboration à « *L'Express* » **Publication de *La Chute*.** Représentation de *Requiem pour une Nonne* (adapté d'après W. Faulkner).		Mort de Brecht.	(6 février) : Manifestation à Alger contre le président G. Mollet : les perspectives d'une solution libérale du problème s'éloignent. Le Maroc et la Tunisie accèdent à l'indépendance. Insurrection à Budapest.
1957 Publication de *L'Exil et le Royaume*. Participe au Festival d'Angers. *Réflexions sur la Peine capitale*, en collaboration avec A. Koestler. Reçoit le Prix Nobel de littérature.	Butor : *La Modification*. Robbe-Grillet : *Dans le Labyrinthe*.	1957-60 : L. Durrell : *Le Quatuor d'Alexandrie*.	Premier satellite artificiel, lancé par les Russes.
1958 *Discours de Suède*. Publication d'*Actuelles III* chroniques algériennes.		Pasternak reçoit le Prix Nobel.	(13 mai) : Manifestation à Alger. Arrivée au pouvoir du général de Gaulle. Début de la cinquième république.
1959 Représentation des *Possédés* (adaptés d'après Dostoïevski).			(septembre) : Discours du général de Gaulle jetant les bases de l'autodétermination de l'Algérie.
1960 (4 janvier) : Camus est tué dans un accident d'auto, près de Montereau.			

CAMUS A L'ÉPOQUE DE « LA CHUTE »

- *Un homme de quarante ans*

« Je crois, écrivait Camus à Roger Quilliot le 21 janvier 1956, que vous ne devez tenir compte ni des nouvelles ni de mes projets. Votre étude a toute raison de s'arrêter à *L'Été*, et à ma quarantième année, puisque, par un pur hasard d'ailleurs, ces dates coïncident évidemment avec une sorte de charnière de mon travail et de ma vie [1]. »

Que devait être ce nouveau Camus, né après *L'Été* ? Il est difficile de le discerner. La quarantaine marque un tournant, qu'il semble avoir eu du mal à négocier. Qu'on se réfère, dans *L'Exil et le Royaume*, au début de la nouvelle intitulée *Les Muets* : Yvars a quarante ans, il peine sur sa bicyclette, parce qu'à son âge, « les muscles ne se réchauffent pas aussi vite. (...) A quarante ans, on n'est pas encore aux allongés, non, mais on s'y prépare, de loin, avec un peu d'avance. N'était-ce pas pour cela que depuis longtemps il ne regardait plus la mer pendant le trajet qui menait à l'autre bout de la ville où se trouvait la tonnellerie ? (...) L'eau profonde et claire, le fort soleil, les filles, la vie du corps, il n'y avait pas d'autre bonheur dans son pays. Et ce bonheur passait avec la jeunesse. » Yvars boite ; mais Camus, aussi bien, a toujours eu une santé déficiente, qui aggrave le poids de son âge et sa nostalgie des joies que procure la pleine liberté du corps. Peut-être lui arrive-t-il aussi de détourner les yeux des plages de son pays.

Mais pour Yvars, pour Jonas aussi (autre personnage de *L'Exil et le Royaume*), la perte de la jeunesse, c'est autre chose encore que l'âge : ce sont les soucis familiaux, la routine de la vie quotidienne, qui entament leur disponibilité et, pour Jonas, sa vocation. La santé de sa femme, ses enfants préoccupent Camus ; le 13 juillet 1954, il confie à Roger Quilliot qu'il est resté six mois sans travailler.

---

1. A. CAMUS : *Théâtre, Récits, Nouvelles*, bibl. de la Pléiade, p. 2037.

- *Camus et la guerre d'Algérie*

Enfin la guerre d'Algérie qui commence en novembre 1954 va se transformer pour lui en une véritable tragédie. Journaliste à *Alger Républicain*, il avait dès 1939 dénoncé l'injustice criante dont souffraient les musulmans en Algérie [1]. Mais quand éclate l'insurrection armée, il en condamne à la fois les moyens - le terrorisme - et les buts - l'indépendance nationale -. Tout aussi opposé à la « répression aveugle et imbécile », il va en appeler à la bonne volonté des deux communautés pour instaurer en Algérie une paix qui « tienne compte des causes profondes de la tragédie actuelle ». Dans *L'Express*, il dénonce l'action terroriste et la répression aveugle comme « deux forces purement négatives, vouées toutes deux à la destruction pure, sans autre avenir qu'un redoublement de fureur et de folie ». Le 22 janvier 1956, il prononce à Alger une conférence qui est un « appel pour une trêve civile en Algérie »; il souhaite que « le mouvement arabe et les autorités françaises, sans avoir à entrer en contact, ni à s'engager à rien d'autre, déclarent simultanément que, pendant toute la durée des troubles, la population civile sera, en toute occasion, respectée et protégée ». Dans le climat de passion qui règne alors à Alger, cet appel est ressenti comme une trahison par la majorité des Français d'Algérie. Camus est conspué. « Je suis rentré d'Algérie assez désespéré, écrit-il à un ami. Ce qui se passe confirme ma conviction. C'est pour moi un malheur personnel. » « Pied-noir » au plus profond de lui-même et passionnément épris de justice, également hostile à une Algérie qui exclurait les Français de chez eux et à l'Algérie française telle que la veulent les « ultras », Camus entre, à l'époque où il écrit *La Chute*, dans une période déchirante de son existence. Encore mourra-t-il avant que n'apparaissent tout à fait dérisoires les espoirs de conciliation qu'il se refusa jusqu'au bout à abandonner.

- *Activités diverses*

Cette période d'inquiétude, de crise morale et, pour une part, de stérilité littéraire n'est pourtant pas, dans la vie de Camus, une période infructueuse. C'est même la diversité de ses acti-

---

1. Articles recueillis dans *Actuelles III, Chroniques algériennes*, 1939-1958.

vités qui rend incertaine la forme de son œuvre à venir. Depuis 1952, année où il a entrepris l'adaptation des *Possédés* de Dostoïevski, il est revenu au théâtre, avec passion. Il prépare un *Don Juan*, participe en juin 1953 au Festival d'Angers, donne en mai 1955 une conférence à Athènes sur l'avenir de la tragédie, adapte la même année *Un Cas intéressant*, de Dino Buzzati*, et en 1956 (l'année de *La Chute*) *Requiem pour une Nonne*, de William Faulkner*. La guerre d'Algérie lui fait un devoir de reprendre ses activités de journaliste. Il collabore à *L'Express* de juin 1955 à février 1956, et écrit dans plusieurs autres journaux [1]. Enfin, avant de s'arrêter d'écrire pendant quelques mois en 1954, il a retrouvé, dans les ébauches qui composeront plus tard *L'Exil et le Royaume*, le ton qui était le sien vingt ans plus tôt quand il écrivait *L'Envers et L'Endroit*, sa première œuvre. Mais l'inspiration de ces nouvelles restera un peu floue, on n'y perçoit pas d'idée force comme dans *La Peste* ou *L'Étranger*. *L'Exil et le Royaume* ne recevra qu'un accueil assez tiède. On n'y trouve plus tout à fait l'ancien Camus, on y perçoit mal le nouveau.

C'est pourtant à cette époque que paraît *La Chute*, œuvre apparemment éloignée de ses préoccupations du moment, joyau de perfection classique surgi au milieu de cette crise et de ces tâtonnements.

SOURCES

De nombreux critiques ont tenté d'établir une filière entre *La Chute* et telle ou telle œuvre connue, ou supposée connue par Camus. A défaut d'offrir des sources vraiment convaincantes, leurs articles permettent parfois de procéder à des rapprochements suggestifs et de mieux mettre en valeur l'apport personnel de Camus [2].

---

1. Ses principaux articles figurent dans *Actuelles III*, en particulier un article paru dans *Le Monde* le 28 mai 1956 (presque en même temps que *La Chute*, donc) en faveur de son ami J. de Maisonseul, arrêté à Alger.
2. Voir en particulier un article de F. W. Locke (*The Metamorphoses of Jean-Baptiste Clamence*, *Symposium*, hiver 1967) qui rapproche certains passages de *La Chute* de *L'Invitation au Voyage* de Baudelaire et un article de L.-F. Hoffmann (*Albert Camus et Jean Lorrain; une source de La Chute : Monsieur de Bougrelon*, *Revue d'Histoire Littéraire de la France*, janv.-fév. 1969) qui découvre entre *La Chute* et un roman oublié de 1897 des ressemblances frappantes, mais surtout matérielles. N'est-ce pas justement celles qu'un auteur évite quand il s'inspire d'une œuvre?

Aux conclusions tirées de ressemblances souvent fortuites, on peut pourtant préférer la méthode qui opère des rapprochements entre les grands écrivains d'une même famille. Camus a relu *Humain, trop Humain* de Nietzsche* en octobre 1953, et parmi ses annotations on lit : « But unique et gigantesque : la connaissance de la vérité. » C'est le problème auquel Clamence se heurte jusqu'à en être désespéré dans *La Chute*. On peut encore penser à l'influence de Kafka *, que Camus connaissait bien : *Le Procès* pose le problème de la culpabilité essentielle de l'homme en des termes assez voisins de ceux de *La Chute* ; ou encore à *Un Cas intéressant*, de Dino Buzzati, que Camus venait d'adapter pour le théâtre : on ne sait si Corte, le héros de la pièce, est malade ou non ; peu importe ; en un sens nous sommes tous malades (on pourrait presque lire : coupables), et Corte sera littéralement prisonnier d'un hôpital qui n'est pas sans analogie avec l'enfer de Clamence. Mais l'influence prédominante reste sans doute celle de Dostoïevski *. Pour Jean Bloch-Michel [1], Camus a trouvé dans *Écrit dans un Souterrain* l'idée du « soliloque avec un interlocuteur muet »; plus précisément encore, « le ton et la forme même employés par Camus » seraient définis dans la préface de *Krotkaia* (nouvelle du *Journal d'un Écrivain*). On peut y lire : « Tantôt l'homme se parle à lui-même, tantôt il s'adresse à quelque auditeur invisible, *à une sorte de juge.* » Voilà donc bien défini le soliloque de *La Chute* et même cette *sorte de juge* devant lequel Clamence se délecte à comparaître.

Mais peut-être l'héritage de la forme n'est-il que le symptôme d'une tradition plus profonde. Ainsi que le fait remarquer Roger Quilliot, Hugo (dans *Le Dernier Jour d'un Condamné*) et bien d'autres avaient utilisé le soliloque avec interlocuteur muet. L'important est que la confession de Clamence s'apparente jusque dans son esprit à celle de Nicolas Stavroguine, dans *Les Possédés*, ou encore à celle de Temple Stevens dans *Requiem pour une Nonne* de W. Faulkner, et il est frappant de constater que Camus a travaillé à l'adaptation de ces deux pièces en même temps qu'il écrivait *La Chute*. Cela ne signifie nullement que Camus s'est « servi » de ces deux œuvres pour composer son récit; mais il était alors

---

1. In *Preuves*, janv. 1962 : *Une littérature de l'ennui*, p. 14-23.

particulièrement sensible à cet univers de la douleur dans lequel nous font pénétrer Faulkner et Dostoïevski, et dont Clamence témoignera à sa manière; sensible aussi au problème d'une culpabilité peut-être liée à la souffrance humaine, et d'une possible rémission par l'aveu.

GENÈSE

• *Origines philosophiques*

Encore ce thème de l'aveu rédempteur doit-il être replacé dans le cadre de sa pensée. Camus peut bien avoir abordé un tournant avec la quarantaine : les racines de *La Chute* dans sa vie et dans son œuvre sont profondes. Dès 1936, ayant terminé sa licence de philosophie, il présentait son Diplôme d'Études Supérieures sur le sujet : *Métaphysique chrétienne et Néoplatonisme* [1]. Il y montrait comment la pensée grecque préfigure le christianisme, mais en même temps le rejette d'avance. La conception grecque de l'univers, qui découvrait tout le secret du monde dans le dessin des collines ou la course d'un jeune homme sur une plage, et faisait du sage l'égal de Dieu, allait être heurtée par une religion qui puisait l'essentiel de sa doctrine dans l'humilité de l'homme devant Dieu. Le christianisme, en particulier par le biais de la philosophie de saint Augustin *, a introduit l'idée de péché dans un monde d'innocence. Ce problème de l'innocence perdue, et ses prolongements chrétiens dans les mystères de l'Incarnation et de la Rédemption, se retrouvent, vingt ans plus tard, au cœur de *La Chute*.

• *L'intention polémique*

Mais *La Chute* est autre chose qu'une réflexion spéculative sur des problèmes éternels. Camus avait songé à intituler son récit : *Un Héros de notre Temps*; moins ancien que ses préoccupations philosophiques, son projet de présenter sur un mode critique, voire satirique, le comportement d'un homme

---

[1]. Ce texte figure dans A. CAMUS : *Essais*, bibl. de la Pléiade, p. 1224-1313.

atteint des vices de pensée de son époque a lui aussi longuement mûri. Le 15 novembre 1945, dans une interview accordée aux *Nouvelles Littéraires*, Camus se défendait d'être existentialiste. « Sartre * et moi, disait-il, nous étonnons toujours de voir nos deux noms associés (...) Sartre est existentialiste, et le seul livre d'idées que j'ai publié : *Le Mythe de Sisyphe*, était dirigé contre les philosophes dits existentialistes... » Et à la question : « Quels sont vos projets ? », Camus répondait : « Un roman sur *la peste*, un essai sur *l'homme révolté*. Peut-être faudrait-il aussi que je me décide à étudier l'existentialisme [1]... » *La Chute* n'est pas à proprement parler un livre *sur* l'existentialisme, mais elle a été d'abord conçue comme un pamphlet *contre* l'existentialisme. Il faut dire qu'entre-temps, les rapports entre Camus et Sartre se sont détériorés. Une polémique violente les oppose en août 1952. En 1939, à la parution du *Mur*, de Sartre, Camus écrivait : « Un grand écrivain apporte toujours avec lui son monde et sa prédication. Celle de M. Sartre convertit au néant mais aussi à la lucidité. » A partir de 1952, il dirait plutôt de Sartre qu'il convertit à la lucidité, mais aussi au néant. « Temps Modernes [2], écrit-il. - Ils admettent le péché et refusent la grâce. Soif du martyre. » Et en novembre 1954, cette phrase qui ne laisse aucun doute sur l'orientation première de *La Chute* : « Existentialisme : quand ils s'accusent, on peut être certain que c'est pour accabler les autres : des juges-pénitents [3]. »

• *La tragédie d'une époque*

Mais, fortes de ce ressentiment, les attaques contre les intellectuels existentialistes se sont peu à peu dépersonnalisées au fur et à mesure que Camus composait *La Chute*. Son récit vise aussi bien d'autres intellectuels, versions modernes de ces songe-creux dont *Les Possédés* nous fournissent des exemples qui ne doivent évidemment rien à Sartre. Enfin, Camus était trop lucide pour se considérer lui-même hors de la mêlée ; lui aussi était un intellectuel, et il n'échappait pas

---
1. A. CAMUS : *Essais*, bibl. de la Pléiade, p. 1224-27.
2. *Les Temps Modernes*, revue dirigée par J.-P. Sartre.
3. A. CAMUS : *Théâtre, Récits...*, bibl. de la Pléiade, p. 2010.

forcément aux vices de son temps. Roger Quilliot témoigne qu'il a senti décroître, à une certaine époque, cette chaleur de vivre qui l'animait [1].

Œuvre d'un philosophe, née d'une intention polémique, *La Chute* s'est donc nourrie d'un désespoir personnel pour aller s'épurant et devenir, par-delà les attaques et les aveux, une manière de tragédie de notre époque, parallèle aux tragédies que Camus dévoilait dans le même temps chez Dostoïevski et chez Faulkner.

PLACE DE « LA CHUTE » DANS L'ŒUVRE DE CAMUS

L'œuvre de Camus est de celles qui résistent obstinément aux généralisations. On la résume parfois en disant qu'elle exprime une philosophie de l'absurde. Soyons honnêtes : qui, à la seule lecture de *La Chute*, lui donnerait cette étiquette plutôt qu'une autre ? On a souvent interrogé Camus sur le rapport qui unissait *Le Mythe de Sisyphe* ou *L'Homme révolté*, et ses œuvres de fiction. Camus répondait, ce qui ressemble à une dérobade, qu'elles avaient toutes le même auteur et disaient la même chose, tant il est vrai - ainsi qu'il est dit dans la préface de *L'Envers et L'Endroit* - que « chaque artiste garde, au fond de lui, une source qui alimente pendant sa vie ce qu'il est et ce qu'il dit ». Mais il reconnaissait aussi que l'ensemble de son œuvre le décourageait souvent, et qu'il l'abandonnait très sincèrement au jugement de la critique.

• *Camus et Sartre*

Cadeau somptueux, et fort encombrant. Quand on compare l'œuvre de Camus à celle de Sartre (et, quoi qu'en dise Camus, il est tentant de le faire : ce sont l'une et l'autre des œuvres de philosophes, d'essayistes, d'hommes de théâtre et, dans une certaine mesure, de romanciers, qui ont abordé d'une manière souvent voisine les grands problèmes de notre temps), on

[1] A. CAMUS : *Id.*, p. 2009.

constate qu'on peut étudier l'œuvre de Sartre à la lumière de quelques thèmes qui, s'ils n'en épuisent pas la richesse, en permettent une approche commode. Ses héros appartiennent à une même famille et illustrent plus ou moins sa philosophie. Il n'en va pas de même pour Camus. Sans doute parce que l'existentialisme était le point de départ d'une morale ; au lieu qu'il ne suffit pas de proclamer le monde absurde pour y trouver une ligne de conduite. D'où les tâtonnements de Camus, ses crises de conscience, qui l'ont fait parfois accuser d'être une « belle âme » et de refuser de s'engager (la querelle entre Sartre et Camus n'a pas d'autre origine). Les œuvres philosophiques de Camus définissent des attitudes possibles - le don juanisme, la comédie, la conquête, le nihilisme, le dandysme... -, elles donnent des exemples - Kirilov [1], Nietzsche, Lautréamont -, elles ne se font pas faute de critiquer, de fustiger (car ne pas avoir de « morale révélée » ne signifie pas qu'on se désintéresse de la morale, il s'en faut), mais elles ne débouchent pas sur ce qu'on pourrait appeler le « héros camusien ». Il en va de même pour ses œuvres de fiction. On y retrouve certains thèmes comme celui de l'innocence ou de la culpabilité de l'homme. Les réflexions de Clamence recoupent parfois celles de Meursault ; il fait penser à un Tarrou [2] qui aurait mal tourné ; et son cynisme l'apparente à Caligula. Mais on ne saurait le ranger sans équivoque dans la catégorie de ceux que Sartre appelle les « salauds ». Dans cet univers dont l'absurdité est la seule évidence, l'attitude de Clamence n'est qu'une attitude possible parmi tant d'autres.

- *Les valeurs essentielles de Camus*

On ne saurait cependant ignorer qu'un certain nombre de valeurs se font jour à travers l'œuvre de Camus. Si Dieu n'existe pas, tout n'est pas pour autant permis. Camus n'a jamais cessé de renouveler sa foi en l'homme, d'espérer en son courage, son abnégation, son sens de la solidarité humaine. *La Peste*, par exemple, témoignait d'un profond pessimisme

---
1. Personnage des *Possédés*.
2. Personnage de *La Peste*.

puisque les efforts des hommes y étaient impuissants à vaincre la souffrance, une souffrance absurde, qui ne promettait aucun rachat. Mais on y trouvait aussi des raisons d'espérer : le dévouement de Rieux et de Tarrou, leur amitié, leur amour des autres, la « conversion » de Rambert à la cause commune attestaient qu'il n'est pas besoin de donner un sens à la vie pour croire en elle et faire son devoir d'homme. Que penser, dès lors, de la tentation du désespoir dont Clamence offre l'exemple ? L'étude de l'œuvre nous permettra de répondre à cette question.

2 | Le texte

SITUATION

La Chute devait, à l'origine, faire partie de *L'Exil et le Royaume*, recueil de nouvelles que Camus projeta d'écrire dès 1952. Il semble toutefois qu'elle ait été imaginée après les autres ; du moins sait-on que Camus commença par écrire les six nouvelles qui figurent dans l'édition définitive de *L'Exil et le Royaume*. Sans doute les acheva-t-il au brouillon fin 1953 ou début 1954. Il reste alors plusieurs mois sans écrire, puis entreprend *La Chute*, probablement au cours de l'année 1955. Il lui donne plus d'ampleur que prévu, l'achève d'un seul trait et la publie en mai 1956, avant d'avoir mis la dernière main aux nouvelles de *L'Exil et le Royaume*, qui ne paraîtront que dix mois plus tard. On peut donc, malgré sa date de publication, considérer *La Chute* comme la dernière œuvre importante de Camus.

RÉSUMÉ

« L'homme qui parle dans *La Chute* se livre à une confession calculée. Réfugié à Amsterdam dans une ville de canaux et de lumière froide, où il joue à l'ermite et au prophète, cet ancien avocat attend dans un bar douteux des auditeurs complaisants.

« Il a le cœur moderne, c'est-à-dire qu'il ne peut supporter d'être jugé. Il se dépêche donc de faire son propre procès mais c'est pour mieux juger les autres. Le miroir dans lequel il se regarde, il finit par le tendre aux autres.

« Où commence la confession, où l'accusation ? Celui qui parle dans ce lieu fait-il son procès, ou celui de son temps ?

Est-il un cas particulier, ou l'homme du jour ? Une seule vérité en tout cas, dans ce jeu de glaces étudié : la douleur, et ce qu'elle promet. »

Ces lignes sont de Camus lui-même. Elles constituent le « Prière d'insérer » dont il a accompagné son récit.

Un résumé ne saurait jamais dispenser de la lecture de l'œuvre elle-même : à plus forte raison quand il s'agit d'une œuvre comme *La Chute*. La confession de Clamence vaut surtout par ses digressions, et ce que Camus désigne par la « chute » n'est pas un événement, mais un état d'âme. Les faits du récit ont donc bien moins d'importance que l'intention qui dicte leur aveu. Nous tenterons néanmoins, à simple fin de fournir quelques points de repère, de suivre le fil de cette confession.

Elle se développe en six étapes, matérialisées par six chapitres. Chaque chapitre correspond à une journée distincte, à l'exception du quatrième et du cinquième, qui se suivent sans interruption. Le récit s'étale donc sur cinq journées. Pour plus de commodité, il nous arrivera de le diviser en deux grandes parties : avant l'épisode de la noyade (chap. I, II, III), et après (chap. IV, V, VI).

• *Chapitre I* [1]

Nous sommes à *Mexico-City*, petit bar louche d'Amsterdam. Un consommateur, Clamence, propose ses services d'interprète à un compatriote qui tente vainement de se faire comprendre du « gorille » qui tient l'établissement. La conversation s'engage devant deux verres de genièvre. Ou plutôt c'est le seul Clamence qui parle : faux monologue, dans lequel les brèves interventions de l'interlocuteur ne sont connues que dans la mesure où Clamence les relève ou les répète sur le mode interrogatif. Chacun a vu, au théâtre, un personnage téléphoner à un correspondant bien évidemment absent de la scène ; l'auteur fait alors répéter par son personnage, au besoin contre le naturel et la vraisemblance, les paroles du correspondant nécessaires à l'intelligence de la scène : c'est un procédé analogue qu'emploie ici Camus. Le consommateur

---

[1] Nous numérotons les chapitres dans un souci de clarté, mais cette numérotation ne figure pas dans les éditions de *La Chute*.

est un quadragénaire apparemment cultivé : il cite les Écritures et emploie l'imparfait du subjonctif; son manteau est râpé, mais ses ongles sont faits. Il se présente : Jean-Baptiste Clamence; il a voici des années quitté Paris, où il était avocat, et il exerce désormais à Amsterdam la profession de « juge-pénitent ». Il aime ce pays, ces gens en qui on ne voit d'ordinaire qu' « une tribu de syndics et de marchands »; mais les Hollandais sont doubles, leur cœur est ailleurs. « La Hollande est un songe, monsieur... » Clamence raccompagne son interlocuteur jusqu'à proximité d'un pont. « Je vous quitte près de ce pont. Je ne passe jamais sur un pont, la nuit. C'est la conséquence d'un vœu. »

- *Chapitre II*

« Qu'est-ce qu'un juge-pénitent ? » Pour le faire comprendre à son interlocuteur, Clamence va remonter de quelques années en arrière. Il était à Paris un avocat connu, heureux de défendre les nobles causes, intègre dans sa profession, charitable; mieux : assoiffé de charité; il exultait quand il pouvait rendre service, il cherchait passionnément les occasions de le faire. Il était parvenu à se hisser à « ce point culminant où la vertu ne se nourrit plus que d'elle-même », au point de ne plus se sentir à l'aise que dans les hauteurs, de préférer les calèches aux taxis, et de haïr les spéléologues. Bien fait de sa personne, sachant plaire et obliger, habile en toutes choses, il menait ce qu'on appelle une « vie réussie ». « Jusqu'au soir où... » Il semble que le mot ait échappé à Clamence. L'interlocuteur interroge : Clamence se dérobe; l'autre insiste. « C'était un beau soir d'automne... » Clamence était monté sur le Pont des Arts. « J'allai allumer une cigarette, la cigarette de la satisfaction, quand, au même moment, un rire éclata derrière moi. Surpris, je fis une brusque volte-face : il n'y avait personne. » Rentré chez lui, Clamence se sentit mal à l'aise. « Je me rendis dans la salle de bains pour boire un verre d'eau. Mon image souriait dans la glace, mais il me sembla que mon sourire était double. » Nous ne savons toujours pas ce qu'est un juge-pénitent. Mais Clamence reverra son compagnon le lendemain; pour l'instant, il doit aller conseiller le patron du bistrot, le « gorille », que la police inquiète pour une affaire de vol de tableau.

- *Chapitre III*

L'entretien se poursuit le long des canaux; il semble qu'il y gagne un autre rythme : Clamence s'attarde sur le paysage, devise sans but apparent. Mais il retrouve bientôt le fil de sa confession. Ce rire mystérieux entendu sur le Pont des Arts avait détraqué la belle harmonie de son existence. Au cœur de ses bonnes actions, il découvrait la vanité; il se rappela qu'un jour où il avait été frappé au cours d'une altercation sur la voie publique, il s'était senti profondément humilié, et il prit conscience de son désir de domination. Après tout, s'il défendait les faibles, c'est qu'il ne lui en coûtait rien. Auprès des femmes, il s'était toujours conduit comme un Don Juan, comme un cabotin, et les faisait souffrir pour mieux s'assurer de son pouvoir. Enfin il découvrit la honte. « Il me semble en tout cas que ce sentiment ne m'a plus quitté depuis cette aventure que j'ai trouvée au centre de ma mémoire et dont je ne peux différer plus longtemps le récit, malgré mes digressions et les efforts d'une invention à laquelle, je l'espère, vous rendez justice. » Une nuit de novembre, deux ou trois ans avant le soir où il crut entendre un rire, il a entendu le bruit d'un corps qui s'abattait sur l'eau. Une jeune femme, qu'il venait de croiser, s'était jetée dans la Seine. « Presque aussitôt, j'entendis un cri, plusieurs fois répété, qui descendait lui aussi le fleuve, puis s'éteignit brusquement. Le silence qui suivit, dans la nuit soudain figée, me parut interminable. Je voulus courir et je ne bougeai pas. Je tremblais, je crois, de froid et de saisissement. Je me disais qu'il fallait faire vite et je sentais une faiblesse irrésistible envahir mon corps. J'ai oublié ce que j'ai pensé alors. « Trop tard, trop loin... » ou quelque chose de ce genre. J'écoutais toujours, immobile. Puis, à petits pas, sous la pluie, je m'éloignai. Je ne prévins personne. »

- *Chapitre IV*

Clamence et son compagnon visitent l'île de Marken. Le monologue reprend, apparemment sans fil directeur; ce ne sont que des considérations générales, qui nous ramènent cependant au passé de Clamence, au jour où il découvrit qu'il n'était peut-être pas « si admirable ». Il avait des ennemis.

Comment s'en étonner ? « Les gens se dépêchent de juger pour ne pas l'être eux-mêmes. » Le rire de ses contemporains l'a conduit à voir clair en lui et à découvrir sa duplicité : chacune de ses vertus avait un revers. Jusqu'au jour où, pour prévenir le rire, il imagina de se mettre du côté des rieurs, et s'amusa à bousculer toutes les valeurs humaines et sociales. Au moins, on ne lui dirait plus avec gentillesse : « Un homme comme vous... » Puisqu'il ne pouvait plus partager l'estime de ses semblables à son égard, mieux valait tout recouvrir d'un manteau de ridicule.

- *Chapitre V*

Incapable d'être amoureux aussi bien que de rester chaste, Clamence s'avisa qu'il lui restait la débauche, la débauche « libératrice ». Il s'y adonna, avec frénésie. Du moins diminua-t-elle sa vitalité, et partant sa souffrance. Il guérissait par l'indifférence. « Il ne s'agissait plus que de vieillir. » Un jour pourtant, un point noir sur l'eau le ramena à la réalité : il avait cru voir un noyé. « Il fallait se soumettre et reconnaître sa culpabilité. Il fallait vivre dans le malconfort. » Le malconfort était une cellule de basse-fosse utilisée au Moyen Age dans laquelle on souffrait assez pour en déduire qu'on était coupable. Du reste, nous ne pouvons affirmer l'innocence de personne. Le Christ lui-même...

- *Chapitre VI*

Clamence reçoit son compagnon dans sa chambre. Il est couché. Il évoque le temps où il était « pape » dans un camp de prisonniers, « quelque chose comme chef de groupe ou secrétaire de cellule ». Un jour, il a bu l'eau d'un camarade agonisant, en se disant, pour se donner bonne conscience, que les responsabilités qu'il assumait rendaient sa vie précieuse...

« A propos, voulez-vous ouvrir ce placard, s'il vous plaît. » Il contient un tableau, *Les Juges intègres* ; il s'agit d'un panneau du retable de Van Eyck, *L'Agneau mystique*, volé en 1934. La police l'a cherché en vain pendant des années : il trônait sur un mur de *Mexico-City*. A la demande de Clamence, le « gorille » l'a mis en dépôt chez lui. « La justice étant définitivement séparée de l'innocence, celle-ci sur la croix, celle-là au placard », Clamence peut désormais en toute liberté exercer sa profession de juge-pénitent. Mais au fait, qu'est-ce qu'un juge-pénitent ? Clamence l'explique enfin. Son métier consiste à s'accuser, en long et en large, à présenter de soi le portrait le plus noir. « Quand le portrait est terminé, comme ce soir, je le montre, plein de désolation : « Voilà, hélas, ce que je suis. Le réquisitoire est achevé. Mais, du même coup, le portrait que je tends à mes contemporains devient un miroir. » Installé dans la duplicité, Clamence y a trouvé le confort qu'il a cherché toute sa vie. « Je règne enfin, mais pour toujours. J'ai encore trouvé un sommet où je suis seul à grimper, et d'où je peux juger tout le monde. » Mais peut-être son interlocuteur est-il un policier ? Clamence espère, chaque fois qu'il montre son tableau, qu'on va l'arrêter ; on le décapiterait, peut-être, et il achèverait dans un triomphe sa carrière de prophète. Mais l'autre n'est pas un policier ; il exerce à Paris l'honorable profession d'avocat. Compagnon d'innocence et de misère, il a peut-être, un jour où on l'appelait, trouvé l'eau trop froide, lui aussi...

- *Les variantes : les dénouements successifs*

Que *La Chute* ait été composée d'un seul jet ne signifie pas que Camus l'ait écrite rapidement, bien au contraire. Sa seule perfection formelle nous en convaincrait, si nous n'en possédions deux manuscrits et plusieurs exemplaires dactylographiés. Sans entrer dans le détail des corrections et additions successives, retenons l'intéressante remarque de Roger Quilliot [1], qui constate que si le texte du manuscrit est plus court de moitié que l'œuvre dans sa version définitive, tous les thèmes essentiels s'y trouvent déjà. Camus se contentera de les enrichir sans en ajouter de nouveaux. Retenons aussi que les intentions pamphlétaires de Camus allèrent s'atténuant au fur et à mesure qu'il revit le manuscrit, et qu'il supprima de son texte plusieurs allusions trop transparentes pour donner à son œuvre une portée plus générale.

---

1. A. CAMUS : *Théâtre, Récits, Nouvelles*, bibl. de la Pléiade, p. 2012 et suiv.

Enfin il en changea plusieurs fois le dénouement. Jean Bloch-Michel nous révèle [1] que « son premier manuscrit (...) se terminait sur les avant-dernières pages du livre, où Clamence parle soudain sur un ton différent, plus large, plus lyrique, plus emporté et assez semblable à celui qu'emploie Meursault à la fin de *L'Étranger*. Dans une deuxième version, et pour maintenir le personnage de Clamence dans sa ligne, Camus ajouta les deux dernières pages qui reviennent au ton ironique et grinçant qui est bien celui de Clamence. Il fallait que Clamence restât jusqu'à la fin le personnage « coincé » qu'il est, et il ne fallait pas qu'il découvre, fût-ce dans la colère ou la haine, cette ouverture qu'il semblait avoir trouvée.

Camus imagina même de donner à Clamence l'apothéose dont il rêve. Dans une version antérieure, son interlocuteur était bel et bien un policier; dans une autre, un juge d'enfants. « Mais j'y pense, disait alors Clamence, si vous êtes juge, dites-moi, vous pouvez m'arrêter. Oh! c'est inespéré! Vous allez me mettre en prison, sûrement. N'est-ce pas dans cet espoir que j'ai demandé au chimpanzé le tableau volé et que je le montre à qui veut le voir ? La prison, c'est ce qu'il faut, la prison ou les îles, la paix des cellules, mais sans jugement, c'est inutile.

« Arrêtez-moi, monsieur, je vous en supplie, arrêtez-moi! Ce sera un grand pas de fait. Ensuite, il restera à me couper la tête pour que tout soit consommé et aussi parce que c'est là que gît le mal, la roue folle qui tourne sans cesse.

« Faisons vite, par pitié! Et quand je serai mort dans mon désert, vous, belle âme, au-dessus, oh oui, superbe idée, au-dessus du peuple assemblé, au-dessus de vos sales innocents, vous élèverez ma tête pour qu'ils s'y reconnaissent et qu'à nouveau je les domine, exemplaire. »

On peut se féliciter que Camus ait finalement renoncé à cette dramatisation. En faisant de l'interlocuteur un avocat parisien, comme Clamence, il rend cette confession « banale » : Clamence aura d'autres auditeurs complaisants auprès desquels il continuera d'exercer son curieux métier, et il sera ainsi perpétuellement confronté à la dérisoire image de lui-même.

---

1. In *Preuves*, janv. 1962 : *Une littérature de l'ennui*, p. 14-23.

Forme et interprétation | 3

À QUEL GENRE APPARTIENT « LA CHUTE »?

Les éditeurs sont bien embarrassés pour regrouper sous des rubriques communes les œuvres de fiction de Camus. Son théâtre est fait d'adaptations aussi bien que de créations originales, et ses œuvres romanesques touchent à plusieurs genres : *L'Étranger* est appelé tantôt *récit*, tantôt *roman*, *La Peste* se présente comme une *chronique*, *L'Exil et le Royaume* comprend six *nouvelles*. Quant à *La Chute*, nous l'avons dit, elle devait être une nouvelle avant de se transformer en *récit*. Autant dire que Camus, qui avait projeté d'écrire un « vrai » roman *(La Mort Heureuse,* qu'il laissa finalement inachevé*)*, n'en a finalement laissé aucun qui mérite à coup sûr cette étiquette. « Cette attitude - selon Pierre Descaves - n'est ni une répugnance, ni une condamnation formelle, plutôt une méfiance, une précaution pour l'écrivain qui, délibérément, fuyait la littérature dans la mesure où il considérait qu'elle se situait dans une somptuosité verbale gratuite, qu'elle se révélait impuissante (au moins sous les espèces du roman-roman, du roman bourgeois bien léché et arrangé) à traduire l'intime expérience des sentiments, des faits, et l'émouvante vérité de l'homme dans son comportement quotidien [1]. »

- *Roman ou récit ?*

Mais quelle différence sépare au juste le *roman* du *récit ?* Si l'on se reporte à la définition donnée par Jean-José Marchand, qui reprend pour une grande part une distinction

---
1. In *La Table Ronde*, février 1960 : *Albert Camus et le roman*, p. 47-60.

déjà établie par André Gide, « un récit reproduit des événements conformément aux lois de l'exposition, un roman nous montre ces événements dans leur ordre propre. Nous pouvons, aidés par cette formule, distinguer à grands traits le roman pur du récit pur; le roman a lieu, le récit a eu lieu; le roman nous livre peu à peu un caractère, le récit l'explique; le roman regarde naître les événements, le récit les fait connaître; le roman est constitué par des suites vivantes, le récit par des causales; le roman se déroule au présent, le récit éclaire le passé. La première conséquence de ces observations est que le récit, quand ses héros sont des hommes, étudie de préférence une crise (qu'il explique), tandis que le roman n'a pas de sujet nécessaire, mais ses héros sont toujours des hommes. Gide a parfaitement raison, selon Sartre, de remarquer que le roman est « un surgissement perpétuel; chaque nouveau chapitre doit poser un nouveau problème, être une ouverture, une direction, une impulsion, une jetée en avant de l'esprit du lecteur [1] ».

Si l'on se conforme à cette distinction, *L'Étranger* est un roman dans la mesure où Meursault est un personnage « en devenir »; il raconte sa propre histoire dans son « surgissement perpétuel », découvrant le monde et se découvrant lui-même, chapitre après chapitre. L'évolution de son expression entre le début et la fin du livre suffirait à témoigner de la transformation qui s'opère en lui. Clamence, lui, ne subit aucune modification sensible au cours du récit. Il n'expose pas son passé de manière à le revivre ou à le faire revivre dans son surgissement, mais de manière à le faire comprendre. Alors que *L'Étranger* retraçait l'histoire d'une prise de conscience, la prise de conscience de Clamence sert de point de départ à *La Chute*; c'est en fonction d'elle que vont se succéder les événements. Par exemple, l'épisode du rire entendu sur le Pont des Arts est raconté avant la noyade de la jeune femme bien qu'il ait eu lieu deux ou trois ans après, parce que l'exposé de Clamence y gagne en valeur démonstrative. Il s'agit donc d'un ordre reconstitué en vue de mieux *faire connaître* et *expliquer* une *crise* située *dans le passé*; c'est bien la perspective du récit.

---

1. Cité dans Michel Raimond, *Le Roman depuis la Révolution*, A. Colin édit., coll. U, p. 322.

On notera cependant que si la technique du roman « à la première personne » (du type de *La Nausée*, de Sartre, ou *L'Étranger*, ou encore *Adolphe* de Benjamin Constant) est assez courante, il est moins fréquent que l'auteur d'un récit abandonne la conduite de l'histoire à son personnage, puisqu'il a toutes chances d'être plus lucide pour reconstruire et éclairer les événements que son personnage qui les a vécus sans recul. Dans *La Chute* pourtant, le récit est de Clamence, non de Camus ; celui-ci n'en est que l'interprète. Il en résulte que le récit se situe à l'intérieur de l'œuvre au lieu de s'identifier à elle. Il va dès lors s'accompagner d'éléments romanesques, dus à la marge d'indétermination des circonstances dans lesquelles il se déroule. Les allées et venues du « gorille » dans le bar, le décor hollandais, les éléments météorologiques, et même en un sens l'attitude qu'on peut prêter à l'interlocuteur et l'incertitude du dénouement (qui est cet interlocuteur?), à plus forte raison les modifications que Clamence apporte peut-être à sa confession en fonction de la personnalité de son « client », débordent du récit proprement dit et constituent son « histoire ». Moins Clamence apparaîtra comme un acteur qui récite son rôle, plus sa confession sera sentie comme vécue, et plus *La Chute* s'apparentera au roman.

- *Position de Camus*

Qu'on ne voie pourtant pas là une variation savante de Camus sur le genre du récit : ces questions formelles l'intéressaient assez peu. Quelques jours avant sa mort, il répondait à un professeur américain qui lui avait demandé si *La Chute* pouvait être associée aux tentatives des théoriciens du « nouveau roman » : « Le goût des histoires ne mourra qu'avec l'homme lui-même. - Ça n'empêche pas de chercher toujours de nouvelles manières de raconter, et les romanciers dont vous parlez ont raison de défricher de nouveaux chemins. Personnellement, toutes les techniques m'intéressent et aucune ne m'intéresse en elle-même. Si, par exemple, l'œuvre que je veux écrire l'exigeait, je n'hésiterais pas à utiliser l'une ou l'autre des techniques dont vous parlez, ou *les deux ensemble*. L'erreur est presque toujours de faire passer le moyen avant la fin, la forme avant le fond, la technique avant le sujet. Si les techniques d'art me passionnent et si je cherche à les posséder toutes c'est que je veux pouvoir m'en servir librement, les réduire au rang d'outils. Je ne crois pas en tout cas que *La Chute* puisse rejoindre les recherches dont vous parlez. C'est beaucoup plus simple. J'y ai utilisé une technique de théâtre (le monologue dramatique et le dialogue implicite) pour décrire un comédien tragique. J'ai adapté la forme au fond, voilà tout [1]. »

COMPOSITION

- *Les deux versants du récit*

Nous avons dit que le récit s'étalait sur cinq journées, qui déterminent à peu près la division de l'œuvre en chapitres.

L'ordre suivant lequel sont présentés les événements est « logique », ou démonstratif, dans la première partie (jusqu'à l'épisode de la noyade); chronologique dans la seconde.

Tous les événements qui figurent dans la première partie de l'œuvre se sont passés à une époque où Clamence était content de lui, c'est-à-dire jusqu'au moment où il a entendu un rire mystérieux sur le Pont des Arts. Ce rire a servi de déclic à une prise de conscience, qui est allée s'approfondissant au fur et à mesure que Clamence retrouvait dans sa mémoire des preuves de sa duplicité (l'altercation avec le motocycliste, son attitude indigne avec une femme...); ce retour sur son passé va des faits les plus anodins aux plus graves, et en dernier lieu à celui qu'il a trouvé au « centre de sa mémoire », et qu'il n'y avait enfoui aussi profondément que parce qu'il le gênait plus que tout autre : la noyade de la jeune femme. Tous ces faits se sont donc produits pendant sa vie d' « honnête homme », mais sans rien lui enlever de sa bonne conscience. Ils n'ont affleuré sa mémoire et démoli l'image qu'il se faisait de lui-même qu'à partir du soir où il a entendu ce rire...

Dans la deuxième partie, Clamence énumère les différentes attitudes (cynisme, débauche, illusion de l'oubli,

---

1. Interview publiée dans *Venture Review*, printemps-été 1960, et reproduite dans A. CAMUS : *Essais*, bibl. de la Pléiade, p. 1927.

acceptation du malconfort) qui ont suivi cette prise de conscience. Il adopte alors un ordre chronologique, qui ne sera rompu que dans le dernier chapitre : ses activités de « pape », qui l'ont conduit à voler de l'eau à un camarade agonisant, sont en effet anciennes, beaucoup plus anciennes que la noyade de la jeune femme.

Il semblerait donc qu'à l'époque où Clamence a pris conscience de sa vraie nature, et dressé le bilan de son passé jusqu'à y trouver l'épisode de la noyade, il ne soit pas allé jusqu'au fond de sa mémoire ; au-delà du crime reconnu, un autre était plus profondément enfoui. Clamence s'était alors trouvé coupable de n'avoir pas aidé quelqu'un qui mourait, mais il ne s'était pas souvenu qu'il avait jadis fait pis encore, en précipitant la mort d'un compagnon de captivité. Quand Clamence désigne la noyade de la jeune femme comme « l'aventure qu'il a trouvée au centre de sa mémoire », il s'agit donc de la mémoire de l'avocat parisien. Depuis, il a progressé dans la lucidité, et reculé les limites de sa mémoire jusqu'à cet autre crime encore plus noir. Installé à Amsterdam dans ses fonctions de juge-pénitent, il semblerait qu'il ait fait de cette rare découverte le couronnement de sa confession.

• *L'art de Clamence : rhéteur et homme de théâtre*

La confession de Clamence donne, à une première lecture, l'impression d'être un pénible retour sur soi-même, sorte de psychanalyse au cours de laquelle le patient veut sans cesse se dérober à son médecin, jusqu'à avouer ce qui le torture, qu'il n'a jamais dit, et dont il sera enfin libéré. Mais la définition que Clamence donne finalement de son métier de juge-pénitent nous détrompera. Clamence récite un rôle appris et depuis longtemps mis au point. A y regarder de plus près, on se demande - son interlocuteur se demande sans doute - comment on a pu se laisser prendre à ce numéro trop bien réglé.

Le talent avec lequel ce rôle est composé, Clamence le vante lui-même à la fin de sa confession : « Je m'accuse, en long et en large. Ce n'est pas difficile, j'ai maintenant de la mémoire. Mais attention, je ne m'accuse pas grossièrement, à grands coups sur la poitrine. Non, je navigue souplement, je multiplie les nuances, les digressions aussi, j'adapte enfin mon discours à l'auditeur, j'amène ce dernier à renchérir. Je mêle ce qui me concerne et ce qui regarde les autres. Je prends les traits communs, les expériences que nous avons ensemble souffertes, les faiblesses que nous partageons, le bon ton, l'homme du jour enfin, tel qu'il sévit en moi et chez les autres. Avec cela, je fabrique un portrait qui est celui de tous et de personne. Un masque, en somme, assez semblable à ceux du carnaval, à la fois fidèles et simplifiés, et devant lesquels on se dit : « Tiens, je l'ai rencontré, celui-là ! » Quand le portrait est terminé, comme ce soir, je le montre, plein de désolation : « Voilà, hélas! ce que je suis. Le réquisitoire est achevé. » (P. 147).

Clamence procède comme un compositeur, qui annonce discrètement les motifs de sa symphonie avant de les exposer. Ses considérations préliminaires sur l'organisation de la société (p. 11-12) ou sur les crimes des nazis et des miliciens (p. 15-16) semblent jetées au hasard : elles servent en réalité d' « ouverture » à son récit, et lui donnent d'emblée cette dimension universelle à laquelle il prétend. La question « qu'est-ce qu'un juge-pénitent ? » posée dès le début est effleurée pendant toute la durée du récit avant d'être amplement traitée dans le dernier chapitre. De même Clamence parle-t-il sur le mode plaisant, à la fin du premier chapitre, de son vœu de ne jamais passer sur un pont la nuit. Le thème du pont sera repris et développé lors de l'épisode du rire entendu sur le Pont des Arts, avant de trouver toute son intensité dramatique lors de l'épisode de la noyade.

Mais Clamence est aussi un remarquable homme de théâtre. La découverte du tableau dans le placard, par laquelle il termine sa confession, ressemble à un « deus ex machina », qui interviendrait pour fournir un dénouement possible à un dramaturge embarrassé; mais Clamence est un dramaturge habile, et son dénouement est annoncé depuis longtemps. A *Mexico-City*, il a presque aussitôt attiré l'attention de son interlocuteur sur « le rectangle vide qui marque la place d'un tableau décroché » (p. 9); à la fin du deuxième chapitre, il va plus loin : le patron du bar est inquiété pour un vol de tableau; page 95, il aborde par un biais différent le même sujet : « ... j'ai chez moi un objet qui a fait courir en vain trois polices... » Ces parenthèses, anodines en apparence, prennent leur signification dans le dernier chapitre. Quand nous découvrons *Les Juges intègres* dans la chambre de Clamence, cela nous rappelle vaguement quelque chose, et notre surprise est cependant totale : c'est le type même du coup de théâtre bien préparé.

Dramaturge habile, Clamence l'est encore dans la manière dont il « découpe » sa confession. Remarquons en passant que la division d'une œuvre en chapitres ou en actes échappe d'ordinaire à la volonté des personnages qui y sont représentés ; le héros d'une pièce ne « prévoit » pas, si l'on peut dire, l'instant où le rideau va se baisser ou se lever. Clamence, lui, est entièrement maître de la situation. Auteur et acteur, il sait achever chaque entretien de manière à éveiller la curiosité de son interlocuteur. Plus encore qu'à un homme de théâtre, il fait parfois penser à un auteur de roman-feuilleton, soucieux d'assurer auprès de ses lecteurs le rendez-vous du lendemain. L'interlocuteur veut-il en savoir plus tout de suite ? « Non, non, je ne puis rester. » (P. 44.) Il devra revenir le jour suivant.

Joignant la coquetterie au talent, Clamence laisse d'ailleurs croire à son compagnon qu'il ne fait que répondre à ses sollicitations. Il joue dès le début la comédie de la fausse sortie (« Je me retire, monsieur, heureux de vous avoir obligé. Je vous remercie et j'accepterais si... », p. 7), pique la curiosité de l'autre pour paraître y céder (« Vraiment, mon cher compatriote, je vous suis reconnaissant de votre curiosité. Pourtant, mon histoire n'a rien d'extraordinaire. Sachez, puisque vous y tenez... », p. 47), le laisse proposer le rendez-vous du lendemain quand il est bien sûr de le « tenir » (« Demain ? Oui, comme vous voudrez », p. 76), et lui propose hypocritement de se taire quand il le voit pendu à ses lèvres (« Voulez-vous que nous nous taisions (...) ? Non, je vous intéresse ? Vous êtes bien honnête », p. 102).

Numéro trop bien réglé ? En un sens, oui. Numéro de cabotin, si l'on préfère. Clamence n'attend pas la fin de son discours pour applaudir à ses talents de comédien. Un patient traqué par son psychanalyste ne possède pas suffisamment de recul pour nommer lui-même « digressions » ses efforts pour se dérober ; Clamence, lui, ne peut s'empêcher de souligner ses « effets » (voir notamment p. 74), semblable à ces artistes qui, lorsqu'ils ont atteint le naturel, ne savent plus s'en contenter, multiplient les clins d'œil et « en rajoutent », fiers de montrer qu'ils jouent.

- *Jusqu'à quel point Clamence joue-t-il la comédie?*

Cette manière de mettre l'eau à la bouche de l'interlocuteur, et partant du lecteur, puis de parler d'autre chose, et de faire valoir l'histoire qu'on va raconter en la retardant toujours, apparente un peu la composition de *La Chute* à celle de *Jacques le Fataliste* ou du *Neveu de Rameau*. Mais Diderot ne rendait pas Jacques, ni même Rameau, responsables de ces retards; les événements (dans *Jacques le Fataliste*) ou les hasards de la conversation (dans *Le Neveu de Rameau*) le voulaient ainsi; tandis que Clamence entretient lui-même l'aspect « à bâtons rompus » du récit.

Jusqu'à quel point? Il est difficile de le dire. Lui-même déclare (p. 147) qu'il « adapte son discours à l'auditeur » et « amène ce dernier à renchérir ». Il ne faudrait donc pas considérer que son rôle a été appris à une phrase près, ni même peut-être à un épisode près. Confession « banale », disions-nous plus haut; avec cette nuance que Clamence a eu cette fois affaire à un « client difficile »; « La plupart des autres sont plus sentimentaux qu'intelligents; on les désoriente tout de suite. Les intelligents, il faut y mettre le temps. » (P. 149.) Est-ce pour cela que Clamence a étalé sa confession sur cinq jours? A-t-il rajouté tout à la fin l'épisode de sa vie en captivité, qui ne semblait pas prévu au « programme », parce qu'il fallait sortir le « grand jeu » et porter, par le plus noir des crimes, le coup de grâce à une victime particulièrement résistante? Ou bien ce client difficile était-il une âme sœur, qui a entraîné la confession de Clamence plus loin qu'il ne le souhaitait? Clamence a-t-il été plus vrai que son rôle ne l'impliquait? Questions artificielles en un sens : on ne saurait rapprocher *cette* confession de Clamence d'autres confessions qui, à la lettre, n'existent pas. Mais on ne peut éviter de se demander, à l'intérieur de la confession dont nous sommes témoins, jusqu'à quel point Clamence joue la comédie, si son récit est l'impeccable construction d'un artiste en pleine possession de ses moyens, ou si percent, çà et là, des signes de désarroi, que masqueraient mal les éloges qu'il dispense sans mesure à ses talents de compositeur.

SYMBOLISME DES LIEUX

La plupart des œuvres de Camus ont pour cadres des lieux qui lui étaient familiers, et qu'il aimait. *La Peste* se passe à Oran, *L'Étranger* à Alger, la plupart des nouvelles de *L'Exil et le Royaume* en Algérie ou au Sahara, et c'est encore de l'Algérie que parlent *Noces* et *L'Été*. Dans *Le Malentendu* même, les pays dont rêve Martha, cette « terre de soleil » où « le sable des plages fait des brûlures aux pieds », est à peine symbolique. Si l'on excepte des œuvres comme *Les Justes* ou *Caligula* qui, par leur sujet même, appelaient d'autres décors, *La Chute* est à peu près la seule œuvre de Camus d'où l'Algérie soit totalement absente. Comme dans *Le Malentendu*, on y évoque avec nostalgie des rivages ensoleillés, mais ce sont cette fois ceux de la Grèce; et c'est Amsterdam qui sert de cadre au récit.

- *Pourquoi Amsterdam ?*

Pourquoi Camus a-t-il choisi de faire d'Amsterdam la terre d'exil de Clamence ? Il s'y était lui-même rendu en octobre 1954, peu de temps donc avant d'écrire *La Chute*, et cette grande cité commerçante et cosmopolite lui est peut-être apparue comme un microcosme de notre civilisation moderne, cette civilisation que Clamence, et sans doute Camus, mettent en accusation à travers le réquisitoire d'un homme. Mais il est d'autres métropoles, il est d'autres ports : des traits plus précis prédestinaient Amsterdam à être le lieu privilégié des activités de juge-pénitent de Clamence.

Dans son « Prière d'insérer », Camus désigne Amsterdam comme une « ville de canaux et de lumière froide » et Clamence en parle comme d'un « désert de pierres, de brumes, et d'eaux pourries ». Le froid, la brume et la pluie - Clamence est emmitouflé dans un manteau râpé, il doit s'abriter de la pluie avec son compagnon - jouent un rôle important dans le déroulement de la confession de Clamence : ils ont joué un rôle décisif dans sa « chute ». C'est une nuit de novembre qu'il a entendu le bruit d'un corps qui tombait dans la Seine, et c'est parce qu'il tremblait de froid, ou parce que l'eau était trop froide, qu'il n'a pas plongé. Aujourd'hui encore, il neige tandis qu'il reçoit son compagnon dans sa chambre ; on se sent bien dans la moiteur des couvertures et la chaleur du genièvre ; et si une jeune femme se jetait de nouveau à l'eau ? « Il faudrait s'exécuter. Brr... ! l'eau est si froide ! »

Victime de Paris, de la Seine, de ses ponts et de l'eau froide, Clamence a choisi, pour s'ancrer définitivement dans sa faute, pour s'y vautrer et en jouir d'une manière provocante, une ville encore plus froide, une ville de ponts et de canaux, une ville où partout coule une eau glacée dans laquelle on ne se jetterait pas pour tout l'or du monde, à plus forte raison pour sauver son prochain. Amsterdam et son réseau de canaux concentriques, c'est pour Clamence une prison où il est empêché de faire le bien, aussi étroite que les « malconforts » où l'on enfermait au Moyen Age ceux que l'on voulait persuader de leur culpabilité ; prisonnier, Clamence se sentira encore plus coupable et convaincra d'autant mieux les autres qu'ils le sont aussi.

Mais parce que Clamence est un homme cultivé, les canaux d'Amsterdam sont aussi pour lui l'image de l'enfer de Dante, cet enfer dont les cercles se resserrent progressivement à mesure que s'aggravent les fautes des damnés. Le dernier cercle est celui des traîtres. Dante l'a imaginé glacé, et on y voit errer des ombres dolentes, claquant des dents ; leur bouche témoigne du froid et leurs yeux de la tristesse de leur cœur. C'est dans le dernier cercle que s'est aussi réfugié Clamence, traître à lui-même, traître aux autres, traître à ce compagnon de captivité qui s'en était remis à lui et dont il a hâté la mort.

- *L'exil et le royaume*

Mais, à l'image de Clamence, Amsterdam est double : au cœur de cet enfer glacé, des « dames », derrière des vitrines, vous attendent pour vous faire dériver vers des paradis tropicaux. Et ce peuple affairé de marchands rêve à des îles où on meurt fou et heureux. Exil ambigu, donc, prison peuplée de songes, désert grouillant de souvenirs. Camus rappelle, dans *L'Été*[1], que Descartes, lui aussi, s'était rendu à

---

1. A. CAMUS : *Essais*, bibl. de la Pléiade, p. 814.

Amsterdam [1]; mais Amsterdam était alors un vrai désert, propice à la méditation et à la confrontation avec soi-même, où Descartes composa « le plus grand, peut-être, de nos poèmes virils »; poème de raison, en tout cas, et de droiture. Depuis, Amsterdam s'est couverte de musées. Clamence, l'anti-Descartes par excellence, celui pour qui « les mensonges mettent sur la voie de la vérité », qui « voit parfois plus clair dans celui qui ment que dans celui qui dit vrai », Clamence que « la vérité, comme la lumière, aveugle » (p. 128) appréciera la Hollande pour ses demi-teintes, il y cherchera la vérité dans le mensonge de ses tableaux, et il y trouvera des mythes pour y fuir sa propre vérité. « Bien pauvres, disait Camus dans *Noces* [2], ceux qui ont besoin de mythes. (...) Qu'ai-je besoin de parler de Dionysos pour dire que j'aime écraser les boules de lentisque sous mon nez? » Clamence est bien éloigné de cette innocente simplicité; il a besoin des *Juges intègres* de Van Eyck pour parler de lui, des légendes de Lohengrin pour aimer la Hollande (voir p. 17), et de références à l'Enfer de Dante pour s'y sentir à sa place.

Amsterdam, jadis désert aux lignes nettes, s'est obscurcie dans la poésie de ses musées. Descartes n'y découvrirait plus l'évidence de ses principes. Les vrais déserts sont aujourd'hui ailleurs. « Pour fuir la poésie, dit encore Camus dans *L'Été*, et retrouver la paix des pierres, il faut d'autres déserts, d'autres lieux sans âme et sans recours. Oran est de ceux-là [3]. » Oran, théâtre de *La Peste*, ville sans passé et sans ombre, sans rêve et sans crépuscule. Les habitants y font aussi des affaires, mais pour gagner de l'argent, et sans rêver à autre chose. Ils aiment la mer parce qu'ils vont s'y baigner le samedi après-midi et le dimanche, tout simplement, et ils demandent autre chose que des dépaysements exotiques aux femmes qu'ils possèdent. Dans ce désert de lumière et de vérité, Rieux, Tarrou, Rambert ne pouvaient pas tricher; ils se retrouvaient face à face avec eux-mêmes [4].

Exil ambigu, Amsterdam est en définitive le plus terrible des exils que Camus se proposait d'évoquer dans *L'Exil et*

---

[1]. Descartes a passé vingt années de sa vie en Hollande (1629-1649). Le *Discours de la Méthode*, auquel Camus fait allusion, date de 1637.
[2]. A. CAMUS : *Essais*, bibl. de la Pléiade, p. 57.
[3]. *Id.*, p. 814.
[4]. On peut relire, pour mieux sentir cette opposition, les premières pages de *La Peste*.

le Royaume. Dans cette ville où s'atténue, jusqu'à disparaître dans le brouillard, la frontière entre le mensonge et la vérité, Clamence a rejoint la pire image qu'il se faisait de lui-même.

Et pourtant Clamence s'y résigne mal. Après ses promenades nocturnes, il attend la lumière du jour, les colombes lui apparaissent comme une promesse d'innocence retrouvée, et la neige même, d'une blancheur si éphémère quand elle recouvre les villes, est le signe d'une « pureté, fugitive, avant la boue de demain » (p. 153). Clamence a préféré être prince en enfer plutôt que d'usurper sa place dans un monde d'innocence : mais il ne peut s'empêcher de guetter chaque allusion au Paradis perdu. L'éclaircie de l'aube, l'éclat de la neige sont de bien pâles consolations : « Oh ! soleil, plages, et les îles sous les alizés, jeunesse dont le souvenir désespère » (p. 152). Le royaume de Clamence était ailleurs; dans l' « enfer mou » du Zuyderzee, il songe aux lignes nettes des archipels grecs, pays des « cœurs purs » (p. 104). Puisqu'il ne garde la nostalgie, que faudrait-il donc pour qu'il y retourne ? La grâce, peut-être, ou - ce qui revient un peu au même - l'espoir d'en être à nouveau digne, et la volonté de le mériter.

CLAMENCE

- *Est-il un « personnage »?*

Dans *L'Étranger*, Camus s'identifiait à un personnage pour nous faire vivre de l'intérieur l'histoire à laquelle il se trouvait mêlé et la prise de conscience qu'elle déclenchait en lui. Mais le monde extérieur finissait par avoir une consistance indépendante de Meursault, et l'on devinait, à travers les propos de son personnage, le regard de Camus, la direction qu'il donnait à l'intrigue, et son art de romancier. A plus forte raison, dans *La Peste*, la « chronique » du docteur Rieux était-elle sentie comme un procédé d'introduction, un moyen de conférer à l'œuvre un certain ton de détachement qui n'entravaient nullement le foisonnement d'un univers romanesque dans lequel Rieux trouvait tout naturellement sa place. Dans *La Chute* en revanche, les dimensions de l'œuvre sont toutes soumises au verbe de Clamence; celui-ci conduit le récit suffisamment à sa guise et montre vis-à-vis de son contenu une assez grande lucidité pour que Camus soit oublié, et que Clamence apparaisse à peine comme un « personnage ». S'il l'est, c'est un peu à la manière du Thésée d'André Gide ou de l'Hadrien des *Mémoires d'Hadrien* de Marguerite Yourcenar. Vanter les mérites de la composition de *La Chute*, c'était déjà souligner ses qualités oratoires ; mettre en valeur le symbolisme des lieux, c'était déjà souligner son goût du décor et son tempérament d'esthète. Clamence ne se révèle pas seulement par sa manière d'être dans l'œuvre, mais par la manière d'être *de* l'œuvre.

• *Clamence et Camus*

Mais cette confusion entre l'auteur et son personnage se situe au niveau de l'œuvre. Elle ne signifie nullement que Camus s'est peint sous les traits de Clamence ; Camus lui-même s'en est plus d'une fois défendu. D'où vient donc qu'on l'ait si peu cru ?

Clamence a, comme Camus, une quarantaine d'années, et semble comme lui préoccupé par l'idée qu'il vieillit. Sa nostalgie des terres d'innocence se confond même parfois avec une nostalgie de la jeunesse (voir p. 152 : «...îles sous les alizés, jeunesse dont le souvenir désespère »). Plusieurs de ses phrases pourraient aussi bien être prises en compte par Camus. Ainsi, p. 93 : « Les matches du dimanche, dans un stade plein à craquer, et le théâtre, que j'ai aimé avec une passion sans égale, sont les seuls endroits du monde où je me sente innocent. » Ou p. 81 : « J'aime la vie, voilà ma vraie faiblesse. Je l'aime tant que je n'ai aucune imagination pour ce qui n'est pas elle » (on connaît la phrase de Camus si souvent citée : « Mon royaume tout entier est de ce monde »). Ou encore, p. 86 : « L'idée la plus naturelle à l'homme, celle qui lui vient naïvement, comme au fond de sa nature, est l'idée de son innocence. » Enfin l'agacement que montrait Camus à cette époque devant sa réputation de « juste » et d'homme vertueux trouve un écho dans un passage de *La Chute* : « Je voulais déranger le jeu et surtout, oui, détruire cette réputation flatteuse dont la pensée me mettait en fureur. « Un homme comme vous... » me disait-on avec gentillesse, et je blêmissais » (p. 99).

Mais ces ressemblances restent superficielles et fragmentaires. On pourrait peut-être avec plus de vraisemblance voir dans le Clamence d'avant, et même d'après la « chute », non un reflet de Camus, mais une sorte de « repoussoir », une image de lui-même qui lui faisait peur. Quel rapport entre cet avocat parisien distingué qui, même dans les tripots d'Amsterdam, parle avec affectation, et l'homme simple qu'était Camus, avec son parler direct, teinté d'accent « pied-noir », et son « visage de garagiste [1] » ? Pourtant il semble que Camus ait eu peur, plus d'une fois, de se laisser griser par le succès, de devenir « mondain », et d'y perdre le meilleur de lui-même : le naturel. Roger Quilliot rapporte qu'en décembre 1951, il se découvre, en s'écoutant à la radio, un « ton gelé, dédaigneux, exaspérant [2] ». En écrivant le « rôle » de Clamence, Camus s'est laissé aller à une pente qu'il discernait en lui, mais qu'il ne jugeait pas la meilleure.

En d'autres occasions encore, Camus paraît charger Clamence des défauts qu'on lui avait personnellement imputés. On lui reprochait sa « belle âme », sa « bonne conscience »; sa morale, prétendait Sartre, conduisait à pratiquer l'aumône. Tel est bien le Clamence d'avant la « chute » : heureux d'être du bon côté, heureux de faire le bien, heureux de savoir qu'il le fait (« J'aimais aussi, ah ! cela est plus difficile à dire, j'aimais faire l'aumône », p. 25 [3]). Camus a-t-il, comme Clamence, « pris conscience », et fait-il pénitence en présentant à ses adversaires le pitoyable portrait de ce qu'il était et de ce qu'il est devenu ? Ou plutôt ne leur renvoie-t-il pas la balle en parant l'un de leurs frères de misère des « fleurons » qu'on lui avait un peu trop vite décernés ?

Ne nous laissons pas entraîner trop loin dans cette discussion sur les ressemblances de Clamence avec Camus ou avec ses ennemis. Un écrivain ne s'identifie jamais tout à fait aux personnages qui lui ressemblent le plus, et il met toujours un peu de lui-même dans ceux qui lui ressemblent le moins. Ce qui est hors de doute, c'est que Clamence traite d'un

---

1. C'est ainsi qu'il est apparu à Dino Buzzati (voir A. CAMUS : *Théâtre, Récits...*, bibl. de la Pléiade, p. 1862).
2. *Id.*, p. 2009.
3. Cette remarque se trouve dans *Preuves* (n° spécial sur Camus), 1960; R. Quilliot, *Un monde ambigu*, p. 28-38.

problème qui préoccupait beaucoup Camus (celui de la fausse bonne conscience et du sentiment de l'innocence perdue), qu'il le découvre par des chemins familiers au cœur et à l'expérience de son auteur (réflexions sur l'extermination des Juifs, évocation des camps de concentration...); mais il en parle en tant que Jean-Baptiste Clamence, création originale.

- *Analyse psychologique*

Aux critiques qui rapprochaient la technique de *L'Étranger* de la technique des romanciers américains, Camus faisait observer qu'il se différenciait de ces derniers (d'un Faulkner ou d'un Hemingway par exemple) par son souci d'étudier la psychologie de ses personnages, tandis que le roman américain ne va guère au-delà de l'étude de leur comportement. Sans être un personnage de roman, Clamence témoigne de ce goût de Camus pour la psychologie, une psychologie qui se double d'ailleurs d'une dimension morale, et qui situe Camus à l'écart, non seulement de la tradition américaine, mais aussi des tendances du « nouveau roman » (auxquelles on l'a parfois, nous l'avons vu, assez curieusement apparenté). La même année que *La Chute* paraissait *L'Ère du Soupçon* de Nathalie Sarraute, petite « charte » du « nouveau roman », où l'auteur manifestait sa déception que Camus, après avoir paru soustraire Meursault à la psychologie, fût revenu, à la fin de *L'Étranger*, à ses « mauvais instincts ». *La Chute* devait ruiner les derniers espoirs de Nathalie Sarraute : Camus n'était décidément pas des siens. Après tout, puisque Camus se donnait pour but, dans *L'Étranger* comme dans *La Chute*, d'étudier des « prises de conscience », il n'avait guère le choix des moyens, et l'analyse psychologique n'est peut-être pas indigne d'un grand écrivain moderne.

Psychologue et moraliste, Camus se situe dans la lignée des grands romanciers français traditionnels, de Mme de Lafayette à François Mauriac. Mais dans *La Chute*, l'analyse psychologique de Clamence est implicite; Camus n'intervient pas en tant qu'auteur pour l'éclairer, pas plus qu'il ne tire la leçon morale du récit qu'il nous soumet. D'où l'ambiguïté du personnage de Clamence, et la signification morale équivoque qu'on peut en dégager.

Nous ne reviendrons pas sur la « fiche signalétique » de Clamence : il l'énonce clairement lui-même au début du récit. Relevons toutefois qu'il se présente, de son propre aveu, sous un nom d'emprunt, accentuant ainsi l'aspect théâtral de son récit; il a endossé un autre personnage en même temps qu'une nouvelle profession pour mettre en accusation l'avocat qu'il était, et, à travers lui, l'espèce humaine. En lui coexistent aujourd'hui une épave, dont nous ne saurons jamais le nom, et Clamence le prophète, venu prédire le règne des épaves sur la terre. L'idée s'est pour ainsi dire séparée de l'image.

• *Le paradoxe de Clamence*

Le paradoxe de Clamence est qu'il semble pousser la sincérité jusqu'à son extrême limite, et qu'il se dit « une face double », un menteur. Mais quand il dit qu'il ment, dit-il la vérité ? On connaît l'histoire : « Un Crétois dit que tous les Crétois sont menteurs... » Il y a un peu de ces acrobaties intellectuelles dans le jeu auquel se livre Clamence. Sorte de mystification, qui tend à montrer que le problème n'est pas simple, et qu'on ne saurait jouer à « vrai ou faux » comme on joue à « pair ou impair » : le mensonge est pour Clamence, comme la chute, moins un événement qu'un état. Du jour où il s'est aperçu qu'il était capable de mentir aux autres, mais surtout à lui-même, Clamence s'est catalogué comme un fourbe, un être à deux faces. Il se sent en état de « mensonge originel », si l'on peut dire, comme le chrétien se sent en état de péché.

Et pourtant, quelle passion de la vérité ! L'idée que quelqu'un pouvait mourir en emportant un secret dans sa tombe le torturait. En réalité, si Clamence est un anti-Descartes, c'est parce qu'il est un cartésien frustré, exilé du paradis de la clarté dans l'enfer de la confusion. Et comme un pécheur qui a découvert qu'il péchait, mais qui, par défi, ou par désespoir, revendique son péché au lieu de chercher une issue, Clamence se complaît à affirmer que « le mensonge est un beau crépuscule, qui met chaque objet en valeur » (p. 128). Mais cette beauté est à l'authenticité ce que les lumières au néon d'Amsterdam sont au ciel grec.

Faut-il considérer que sa confession est, quoi qu'il en dise, un pas vers ce royaume perdu de la vérité ? Peu importe que, dans un sursaut d'orgueil, il se veuille menteur s'il dit la vérité. Mais l'aveu ne saurait être salvateur par lui-même. Dire la vérité, non parce qu'on la respecte ou pour obtenir le pardon, mais avec l'intention de choquer les autres et de les abaisser, c'est être cynique. Tel est bien le projet avoué par Clamence dans sa profession de foi de juge-pénitent (p. 147-148). Menteur ou sincère, son affaire n'est donc pas meilleure.

● *Le sens d'une confession*

Ne cédons pourtant pas à un manichéisme trop simpliste. Il est toujours difficile de démêler les vraies raisons d'une confession. Nulle ne paraît plus pure que celle de Stavroguine, dans *Les Possédés*. Lui aussi a dans le fond de sa mémoire un crime qui le torture. Il a décidé d'en écrire le récit et de le publier, mais - à la différence de Clamence - pour se faire absoudre. L'évêque Tikhone va pourtant l'en dissuader :

« TIKHONE - Votre intention est noble. La pénitence ne peut aller plus loin. Ce serait une action admirable que de se punir soi-même de cette façon, si seulement...
STAVROGUINE - Si ?...
TIKHONE - Si seulement c'était une vraie pénitence.
STAVROGUINE - Que voulez-vous dire ?
TIKHONE - Vous exprimez directement dans votre récit le besoin d'un cœur mortellement blessé. C'est pourquoi vous avez voulu le crachat, le soufflet et la honte. Mais, en même temps, il y a du défi et de l'orgueil dans votre confession. (...) Cela est méprisable [1]. »

A l'inverse, la confession de Clamence est peut-être moins cynique et dédaigneuse qu'il n'y paraît d'abord. Si Stavroguine, faux humble, avait besoin qu'on lui révèle son orgueil, Clamence aurait besoin qu'on le guérisse de son désespoir, et il n'est pas impossible que, secrètement, il appelle à l'aide. Sa conduite est trop ouvertement machiavélique pour l'être tout à fait, et il serait sans doute un juge-pénitent plus efficace s'il ne mettait l' « autre » en état de

---

[1]. *Les Possédés*, adaptation d'A. Camus, in A. CAMUS : *Théâtre, Récits...*, bibl. de la Pléiade, p. 1072-1073.

défense en se présentant comme tel. Sa profession de foi du dernier chapitre peut être sentie comme la touche de génie d'un acteur qui sait à la fois jouer et apprécier son jeu : on peut aussi y voir le signe d'un désarroi profond. Si Clamence désigne son masque, c'est peut-être avec le secret espoir qu'on l'en délivrera.

De là ce langage affecté d'un homme qui a peur de montrer ses blessures, ou se dépêche de les montrer de peur qu'on ne les découvre avant lui, ou encore les montre en riant, mais espère tout au fond de lui qu'on les prendra au sérieux. Clamence craint constamment d'être pris en flagrant délit de sensibilité : il ironise (p. 154) à l'idée que son interlocuteur pourrait devenir son ami, et coucher sur le sol, pour lui; mais au-delà de ces ricanements, il est permis d'entendre un sourd appel à l'amitié. Parle-t-il de la Grèce (p. 104) ? Il se croit obligé de rire de son lyrisme : il semble pourtant qu'il n'ait jamais été aussi « vrai » que dans cette page. Citant Louis Guilloux [1], Camus dit : « Le sarcasme est le signe de la douleur dans celui qui s'en sert. » C'est peut-être quand Clamence affiche la plus belle assurance qu'il inspire le plus de pitié, et quand il crie « je suis heureux ! » (p. 152) qu'il nous fait le plus mal.

Cette détresse, Camus nous la fait pourtant sentir autrement que par antiphrase : elle a des symptômes moins équivoques. On a souvent dit de Clamence qu'il était un « symbole »; oui, si cela n'implique pas l'idée d'un personnage abstrait, manquant de profondeur humaine. Disons plutôt que Clamence voudrait être un symbole, mais qu'il ne peut s'empêcher d'être aussi un individu. Sa fatigue (p. 78), sa maladie (p. 127), ses moments de dépression (p. 152) font peut-être partie de son rôle : on persuade mieux de la misère humaine en montrant aux autres l'image d'une loque qu'en leur tenant de brillants discours. Encore faudra-t-il choisir son auditoire : qui sait si l'on ne va pas tomber sur quelqu'un qui s'apitoiera sur votre cas particulier au lieu de désespérer de l'espèce humaine ? Ici intervient la personnalité supposée de l'interlocuteur.

---

1. Romancier français, né en 1899, dont Camus préfaça *La Maison du Peuple*.

- *Clamence et son interlocuteur*

La personnalité de ceux à qui nous nous confions révèle souvent autant de nous-mêmes que ce que nous leur confions. En choisissant de se confier à Tikhone, l'honnête et clairvoyant évêque, Stavroguine optait déjà pour la vérité. En recherchant ses semblables, Clamence opte pour l'enlisement. Mais, après tout, le succès ne lui est pas assuré d'avance. Le neveu de Rameau se proposait un but voisin, même s'il le faisait moins délibérément : il espérait bien, en montrant au Philosophe jusqu'où peut descendre l'abjection humaine, ébranler son bel optimisme. Mais le Philosophe se contentait de le regarder avec curiosité, avec amusement, parfois avec dégoût, et s'en retournait, sa bonne conscience intacte, exercer la vertu parmi les siens. Qui nous dit que l' « interlocuteur » ne voit pas en Clamence un spécimen humain curieux, mais qui ne le concerne nullement ?

Remarquons d'abord que la confession de Clamence ne s'achève que sur un espoir de succès : « Vous y viendrez, c'est inévitable » (p. 149), et plus loin : « Avouez cependant que vous vous sentez, aujourd'hui, moins content de vous-même que vous ne l'étiez il y a cinq jours ? » Réponse peu satisfaisante, apparemment : Clamence s'en remet alors à l'avenir et au lent travail de sape que ne manquera pas d'exercer son réquisitoire : « J'attendrai maintenant que vous m'écriviez ou que vous reveniez. » Confiance exagérée ? Quelque chose nous dit pourtant que Clamence a raison.

Un critique a remarqué [1] que l'interlocuteur de Clamence est *en voyage* à Amsterdam. Or, après sa chute, Clamence a voyagé : « J'ai d'abord fermé mon cabinet d'avocat, quitté Paris, voyagé » (p. 146). Faut-il supposer que l'interlocuteur vient d'entrer dans le même cycle infernal que Clamence, et que, parti du même point, il aboutira à la même déchéance ? Hypothèse séduisante, mais fragile : il faut bien qu'il ait quitté Paris pour rencontrer Clamence. Plus suggestif nous paraît le rapprochement opéré dans le même ouvrage entre la rencontre de Clamence par l'inconnu, et celle de Barnabé par K. dans *Le Château*, de Kafka. « K. se trompe

---

1. Carina Gadourek : *Les Innocents et les Coupables*. Essai d'exégèse de l'œuvre d'Albert Camus. Mouton & C° édit., 1963.

en se liant avec Barnabé, jugeant sur son seul habit que celui-ci est le guide qui le mènera au château. » De même, l'inconnu se fie aux apparences (ils parlent tous deux la même langue) pour penser que Clamence lui servira de guide. Tel est bien le rôle joué par Clamence : il le guide auprès du patron de *Mexico-City*, le guide dans Amsterdam, et finalement jusque dans l'abîme de la déchéance humaine. Peu importe, en vérité, que nous ayons du mal à imaginer son comportement : en acceptant de se lier avec Clamence, l'inconnu s'est laissé prendre au piège, et tandis que Clamence, jour après jour, tisse sa toile, nous sentons qu'il devient fatalement prisonnier de l'enfer d'Amsterdam et de la rhétorique de Clamence. Par la symbolique d'un lieu clos, l'enchaînement d'un discours et le spectacle d'une douleur liée à la condition humaine, Camus a créé une atmosphère tragique qui nous persuade beaucoup mieux de l'inévitable déchéance de l' « autre » que ne l'aurait fait l'étude de ses réponses et de son comportement. S'il ne dit rien, c'est parce qu'il est rendu évident par le climat et la logique de l'œuvre qu'il est d'avance une victime. Ses paroles ne pourraient que démentir trompeusement, ou souligner inutilement, le destin auquel il est voué.

Mais la tragédie de son interlocuteur ne nous apparaît que comme le corollaire de la tragédie de Clamence. Si l'un est condamné à être victime, l'autre est condamné à chercher des victimes, c'est-à-dire à rechercher des images de lui-même encore intactes pour les salir et les avilir. L'enfer où s'enferme Clamence est un enfer sado-masochiste, curieusement inversé d'ailleurs : alors que Clamence prétend s'accuser lui-même pour accuser les autres, il nous paraît que sa démarche aboutit à se dégrader à travers le reflet de soi-même qu'il découvre chez les autres. En faisant de l'interlocuteur un avocat parisien plutôt qu'un juge ou un policier, Camus a donc modifié, non seulement le dénouement, mais le sens même de son œuvre : plutôt qu'une coïncidence, cette rencontre par Clamence d'un autre lui-même est un symbole : symbole de son impuissance à sortir de son état, de son invincible tendance à retrouver, ou à retracer chez les autres la parabole de sa propre chute.

LE THÈME DE LA CULPABILITÉ

« De toute façon, on est toujours un peu fautif » remarquait Meursault dans *L'Étranger*. Cette découverte que la Société allait lui confirmer se retrouve au centre de *La Chute*. Mais Meursault était arrêté, et la Justice instruisait son procès, alors que Clamence n'est pas à proprement parler un délinquant : devant l'indifférence de la société, mieux : la vénération dont elle continue à l'entourer, il doit instruire lui-même son procès, et parce qu'il peut, mieux que n'importe quel procureur, percer à jour ses moindres intentions, son réquisitoire sera implacable. Victime de la Société, Meursault pouvait se révolter; en prison, il conquérait une sorte de liberté, qui lui permettait par exemple de mettre l'aumônier à la porte : Clamence, lui, demeure l'esclave de ses crimes. Ultime espoir, le tableau qu'il recèle lui permettra peut-être de se faire arrêter et de se libérer en « payant » : mais que peut peser un recel de tableau dans la conscience d'un homme ? N'est-ce pas la preuve que les crimes dont on nous accuse ne sont qu'un prétexte, souvent inespéré, pour nous soulager de fardeaux bien plus lourds ?

L'Étranger démasquait en chacun de nous un criminel en puissance. C'est « à cause du soleil » que Meursault avait tué l'Arabe, parce qu'étourdi par la chaleur et la lumière, il avait perdu conscience de lui-même; étranger au monde et à lui-même, il s'était trouvé aussi bien étranger à ce doigt qui pressait sur la détente du revolver. La responsabilité de Clamence dans l'épisode de la noyade est tout aussi difficile à cerner : c'est « à cause du froid », parce qu'il était engourdi, qu'il n'a pas plongé; il aurait voulu, mais il n'a pas pu. Pourtant, *La Chute* nous paraît aller plus loin que *L'Étranger* dans ce sens. Le lecteur pouvait à la rigueur résister à la fatalité qui pesait sur le destin de Meursault : « On se gardera des mauvaises fréquentations, on s'interdira de toucher à une arme à feu... » Réactions pharisiennes sans doute, mais que *La Chute* élimine tout à fait. Allez donc vous interdire de passer sur un pont ou le long d'un quai de peur que quelqu'un ne se jette à l'eau...

Il reste que, sauf à nous valoir une arrestation « libératrice », les crimes en eux-mêmes n'ont guère d'importance. Le meurtre de l'Arabe a permis à la Justice de condamner

Meursault pour n'avoir pas pleuré à l'enterrement de sa mère : mais n'aurait-on pu, en cherchant bien, découvrir d'autres griefs ? Mieux placé que quiconque pour dresser son propre réquisitoire, Clamence a à sa disposition tout un arsenal de chefs d'accusation pour convaincre son interlocuteur. Qui sait si, le jour où il aura affaire à un client encore plus difficile, il ne pourra pas reculer plus loin les limites de sa mémoire, et trouver « mieux » encore que son crime des années de captivité ? Les épisodes de *La Chute* ne valent qu'à titre d'arguments, comme ils n'ont valu pour Clamence qu'à titre de révélateurs. La conclusion est claire : cherchez en vous-même, vous y trouverez *à coup sûr* des raisons de vous considérer coupable. La chute est notre condition même, non un accident. Entre la bonne conscience aveugle et la cruelle lucidité, il n'y a pas de solution : c'est l'impasse où nous conduit la misère de l'homme sans Dieu, la chute avant le rachat. Orgueilleux ou désespérés, nous sommes également coupables.

« LA CHUTE » ET LE CHRISTIANISME

- *Une œuvre chrétienne ?*

Nous voici au cœur d'un débat chrétien. Le titre même de l'œuvre nous y invitait. Camus retrouve d'ailleurs, dans *La Chute*, plusieurs aspects du christianisme qu'il étudiait déjà quand il écrivait son Diplôme d'Études Supérieures sur *Métaphysique chrétienne et Néoplatonisme*. L'importance donnée par Clamence à la souffrance humaine du Christ (p. 120) était, d'après Camus, au cœur de la foi des premiers chrétiens [1]. L'idée suivant laquelle toute souffrance suppose une faute antérieure, si bien que le Christ lui-même ne serait pas innocent (p. 118-119), Camus l'a trouvée et étudiée chez Basilide, philosophe chrétien du IIe siècle [2]. Cela prouve au moins qu'il a fait de Clamence un esprit curieux du christianisme et de son histoire (son allusion aux Écritures, et en particulier aux Saducéens - p. 13 -, permettait déjà de le supposer), mais ne signifie nullement, bien entendu, que

---

1. A. CAMUS : *Essais*, bibl. de la Pléiade, p. 1233.
2. *Id.*, p. 1253-1254.

Clamence soit chrétien, ou près de l'être, ou même qu'il soit tourmenté par les problèmes de la foi. De ceux qui voyaient dans *La Chute* ou son adaptation de *Requiem pour une Nonne*, de W. Faulkner, des raisons d'espérer « un éventuel ralliement à l'esprit sinon au dogme de l'Église », Camus disait : « Rien vraiment ne les y autorise. Mon juge-pénitent ne dit-il pas clairement qu'il est Sicilien et Javanais ? Pas chrétien pour un sou. Comme lui j'ai beaucoup d'amitié pour le premier d'entre eux. J'admire la façon dont il a vécu, dont il est mort. Mon manque d'imagination m'interdit de le suivre plus loin. Voilà, entre parenthèses, mon seul point commun avec ce Jean-Baptiste Clamence auquel on s'obstine à m'identifier [1]. »

Bien loin de servir la gloire du Christ, les connaissances théologiques de Clamence lui permettent plutôt de blasphémer avec raffinement. C'est par dérision qu'il a choisi de s'appeler Jean-Baptiste, et qu'il se dit, comme le Précurseur du Messie, *clamans (Vox clamantis in deserto...)*. Son saint patron s'était servi de l'eau pour baptiser le Christ et annoncer des temps nouveaux, au lieu qu'elle a été pour Clamence l'instrument de sa chute, qu'il ait laissé s'y noyer une jeune femme, ou qu'il l'ait refusée, alors qu'il était « pape », à un camarade agonisant. Et Clamence d'ironiser sur ce « bénitier immense » où son compagnon et lui se trouvent embarqués... Judas, après sa trahison, n'osait plus regarder son maître : Clamence relève la tête, il raille ; « prophète vide pour temps médiocres », il paraît soucieux de s'entourer d'une symbolique chrétienne pour entraîner l'édifice de la religion dans le néant de ses prédictions. Il a choisi un désert, pour y montrer la ruine des symboles de vie et annoncer aux hommes que le temps de la déchéance humaine est arrivé... Ce n'est sans doute pas lui faire trop d'honneur que de voir en lui un véritable Antéchrist.

- *Une parabole humaniste*

Du moins Clamence ne se montre-t-il pas indifférent, et le blasphème est bien souvent la dernière résistance opposée à la conversion. Camus acceptait que l'on fît sienne l'irréli-

---

1. Interview publiée dans *Le Monde*, 31 août 1956, et reproduite dans A. CAMUS : *Théâtre, Récits...*, bibl. de la Pléiade, p. 1881.

gion de son personnage, mais il n'a jamais tourné l'autre monde en dérision pour mieux persuader que son royaume était d'ici-bas. A-t-il donc chargé Clamence d'une inquiétude religieuse que lui-même n'aurait guère connue, et les terres dont son personnage garde la nostalgie sont-elles vraiment celles du Paradis chrétien ? Rien, dans *La Chute*, ne pourrait démentir pareille interprétation. Pourtant, encore qu'une telle méthode soit souvent sujette à caution, nous nous fierons aux déclarations de Camus, et aussi au profil général de son œuvre, pour penser qu'il s'est ici servi du christianisme et de ses thèmes à la manière d'un mythe : la tragédie camusienne a beaucoup d'analogies avec celle de Pascal; elle ne lui est pas semblable. A l'angoisse vécue de la misère de l'homme sans Dieu, Camus répond en s'adressant encore à l'homme. Clamence est le Judas d'un univers réduit aux dimensions terrestres; sa trahison est celle des valeurs humanistes de Camus : la foi dans la dignité de l'homme, l'amour de sa liberté, la volonté de combattre sans relâche pour défendre l'une et l'autre.

PORTÉE MORALE ET POLITIQUE DE L'ŒUVRE

- *La part de satire*

Parce que Camus s'était préoccupé, dès l'époque où il écrivait *L'Étranger*, des problèmes de l'innocence et de la culpabilité humaines, à cause aussi de ressemblances de détail que nous avons étudiées plus haut, on a généralement sous-estimé la part de satire, voire de caricature que Camus avait mise dans son personnage de Clamence. On peut pourtant se passionner pour les problèmes d'hygiène et de santé, et rire du docteur Knock. Or Clamence est un maniaque de la faute, au même titre que Knock était un maniaque de la maladie. Sa formule pourrait être que tout homme innocent est un coupable qui s'ignore. Sa crainte (louable au départ) de déranger la bonne conscience des hommes a finalement abouti à la ruine de toute valeur humaine, ou - suivant l'expression de Pierre-Henri Simon - à un « pharisaïsme inversé » aussi stérile que celui auquel il s'en prenait.

Mais - à la différence de Knock - Clamence ne prête pas à rire. Sans doute parce que nous nous sentons, à tort ou à raison, à l'abri des maniaques de la médecine, alors qu'il paraît beaucoup plus difficile de circonscrire le danger que représentent des « inquisiteurs » de la veine de Clamence. Nous ne pensons pas forcer le texte de Camus en y décelant des incidences politiques, et une mise en garde contre la dictature. « Polémique T. M. (lisez : *Temps Modernes*, revue de Sartre), écrivait Camus dans ses Carnets. Leur seule excuse est dans la terrible époque. Quelque chose en eux, pour finir, aspire à la servitude. Ils ont rêvé d'y aller par quelque chemin plein de pensées. Mais il n'y a pas de voie royale pour la servitude [1]. » La servitude, Clamence y aspire, de toutes ses forces : « Sur les ponts de Paris, j'ai appris moi aussi que j'avais peur de la liberté. » (P. 144.) « N'est-il pas bon aussi bien de vivre à la ressemblance de la société et pour cela ne faut-il pas que la société me ressemble ? La menace, le déshonneur, la police sont les sacrements de cette ressemblance. Méprisé, traqué, contraint, je puis alors donner ma pleine mesure, jouir de ce que je suis, être naturel enfin. Voilà pourquoi, très cher, après avoir salué solennellement la liberté, je décidai en catimini qu'il fallait la remettre sans délai à n'importe qui. Et chaque fois que je le peux, je prêche dans mon église de *Mexico-City*, j'invite le bon peuple à se soumettre et à briguer humblement les conforts de la servitude, quitte à la présenter comme la vraie liberté. » (P. 144-145.)

- *La dictature du langage*

La confession de Clamence peut en effet apparaître comme une remarquable mise en condition menant tout droit à l'esclavage. Carina Gadourek [2] observe, fort justement à notre avis, que « l'originalité de *La Chute* est de poser le problème de la dictature dans le domaine du langage ». Non pas que Clamence bâillonne son interlocuteur : nous avons vu avec quel art il feignait de lui rendre la parole, et de se laisser interroger. Procédés communs à tous les dictateurs, qui aiment mieux se faire appeler que s'imposer brutalement.

---
1. Cité dans A. CAMUS : *Théâtre, Récits...*, bibl. de la Pléiade, p. 2010.
2. Carina Gadourek, *ouv. cité*, p. 201.

La confession n'en ressemble pas moins à un endoctrinement, et le droit de réponse de « l'autre » apparaît comme tout à fait illusoire. Son pouvoir de s'échapper également : nous avons dit qu'il paraissait victime d'une fatalité; aussi bien dira-t-on des peuples qui tombent en servitude qu'ils obéissent à la marche inexorable de l'Histoire. Mais la fatalité historique est bien souvent le nom dont on décore l'engrenage où s'enferment les conquérants, « condamnés » à conquérir toujours plus pour se défendre, de même que la fatalité dont est victime ici l'interlocuteur découle de l'engrenage où s'est enfermé Clamence, « condamné » par le rôle satanique qu'il assume à chercher toujours de nouvelles victimes. Carina Gadourek compare le « discours » de Clamence aux silences d'autres personnages de Camus : le silence de Meursault et de Marie, dans *L'Étranger*, par lequel ils communiquent mieux qu'ils ne le feraient par des mots d'amour; le silence de Rieux et Tarrou, nageant sans mot dire, côte à côte, dans *La Peste*, et découvrant leur amitié dans cette communion muette. Le genre même de *La Chute* situait Clamence à l'opposé : l'enfer où il s'enferme et veut enfermer les autres est avant tout un enfer de la parole; impuissant à respecter la personnalité des autres depuis qu'il a cessé de respecter la sienne, incapable de se taire parce qu'il ne croit plus à la richesse des vrais échanges humains, Clamence est condamné à agresser ses semblables par un discours tyrannique. « J'ai adapté la forme au fond » disait Camus. Forme privilégiée de la confession, le monologue est aussi - tragique équivoque - celle de la négation d'autrui. De quelle manière Camus pouvait-il mieux traduire cet impérialisme du langage que par ce récit qui se fait de jour en jour plus contraignant et paraît étouffer à leur naissance les velléités de réponse ou de résistance de la victime ?

On objectera que le ton de Clamence n'est pas celui d'un conquérant, et que se présenter comme une épave n'est pas le meilleur moyen de régner sur d'autres épaves. Nous n'en sommes pas si sûr. L'époque des chefs orgueilleux est révolue : le danger a pris d'autres formes. La condition première pour qu'un individu ou un peuple accepte la servitude est qu'il se méprise. Quel meilleur moyen que de donner l'exemple, de se critiquer publiquement, de s'accuser de tous les péchés de la terre ? Émus de tant de sincérité, les autres suivront, renchériront, s'abaisseront à plaisir. Quand ils seront convaincus de leur indignité, il restera à celui qui avait commencé le mérite de leur avoir « ouvert les yeux » sur leur misère [1]. Il lui suffira alors de mettre à chacun une étiquette. « On fait l'addition, simplement, et puis : « Ça fait tant » (p. 140). Ainsi catalogué, on est sûr de ne jamais récupérer l'estime de soi et des autres. Univers de la pénitence fermé à toute rédemption sur le plan religieux, le système dont rêve Clamence est, au plan politique, un univers de servitude auquel on a soigneusement ôté tout espoir de liberté.

- *La nostalgie de l'absolu*

Mais pourquoi, dira-t-on, prendre la profession de foi de Clamence au pied de la lettre, puisqu'on ne sait jamais à quoi s'en tenir sur ce qu'il pense vraiment ? Pourquoi cet éloge de la servitude ne traduirait-il pas une passion de la liberté comme l'éloge du mensonge recouvrait une passion déçue pour la vérité ? Aussi insaisissble soit-elle, nous inclinerions volontiers à penser que l'attitude humoristique et provocante de Clamence trouve sa source dans une nostalgie profonde de l'absolu. C'est parce qu'il ne peut tolérer les demi-mesures que Clamence préfère à un Éden incertain un véritable enfer, et une comédie avouée à un sérieux que l'on pourrait prendre en défaut.

Mais préférer un régime de servitude par bravade, par paresse ou par ambition conduit toujours à la servitude. De même Camus soupçonnait-il moins les intentions des existentialistes que les conséquences de leur philosophie. On peut aussi sentir ce qu'il y a de parodie dans le jeu de Clamence : s'il entre de la caricature dans son personnage, c'est en un sens parce qu'il l'a voulu ainsi, et par cette autocritique qui se tourne perfidement contre celui qui est censé l'écouter, Clamence dénonce peut-être avec infiniment d'humour le procédé des régimes totalitaires. Peu importe : la démission de Clamence peut bien être la plus lucide et la plus spirituelle qui soit, elle n'en est pas moins une démission. Est-ce à dire que *La Chute* nous présente le négatif du héros camusien et nous propose sans équivoque, fût-ce par antiphrase, une morale du compromis et de l'engagement ?

---

1. Camus reconnaissait aussi en lui « un goût assez complaisant de la lucidité pour elle-même » (voir Index : Dostoïevski).

- *Ambiguïté de l'œuvre*

Par son humour grinçant, son mépris de soi-même et des autres et l'idéologie qui peut en découler, Clamence semblerait plus à sa place dans l'univers d'un Céline ou d'un Roger Nimier que dans celui de Camus. Faut-il admettre, du moment qu'il fait figure d'intrus dans la galerie des personnages camusiens, qu'il a été placé là comme un monstre, ou un objet de satire ? Les choses ne sont pas si simples.

La lecture de *La Chute* ne nous apprend pas, en premier lieu, si nous devons fuir les Clamence, essayer de les aider, ou contribuer à réformer l'époque qui les a rendus possibles. Il est symptomatique qu'un Céline, par exemple, auquel Clamence nous paraît s'apparenter quelque peu, ait recueilli tant de sympathie auprès de ceux-là mêmes que ses opinions heurtaient le plus. C'est, pensons-nous, parce qu'à partir d'un certain degré de souffrance humaine, le jugement cède toujours la place à la compréhension. On en veut à l'humanité entière, ou à la façon dont elle est organisée, ou à ceux qui en sont responsables, d'avoir permis tant de misère. Peu importe, après tout, que du fond de sa détresse, Clamence appelle ou non au secours : nous devons comprendre que le spectacle d'un malheur est toujours un appel, qu'il soit formulé ou non.

Mais surtout, que l'on n'oublie pas ce que Camus disait des existentialistes quand il les attaquait le plus violemment : « Leur seule excuse est dans la terrible époque. » Une époque qui nous a appris jusqu'où pouvaient conduire le racisme, la stupidité, le désir de domination, une époque qui nous a montré les perfectionnements techniques de la guerre, les horreurs des camps de concentration, qui nous a appris à mépriser l'homme, sa dignité, sa liberté, et à avoir le cœur sec. Qui se vanterait d'en sortir intact ? En pleurant sur la misère de Clamence, Camus pleure sur notre misère, sur la sienne. Quand on citait devant lui les auteurs qui avaient pu influencer son œuvre (Kafka, Nietzsche, Dostoïevski...), il demandait qu'on ajoutât Molière. On ne trouve pourtant guère de trace de comique chez lui. La parenté nous paraît se situer ailleurs et, si nous osons dire, plus profondément.

Molière est un trop grand créateur pour être un auteur à proprement parler satirique, à la manière de Boileau par exemple. Le lien qui l'unit à ses personnages est suffisamment complexe pour que ceux-ci soient animés de leur vie propre, et participent visiblement de leur auteur. Alors que la satire décide en termes clairs où est le bien et où est le mal, et qu'elle réclame de son auteur un appauvrissement, puisqu'il doit au détriment de toute nuance se placer « du bon côté », la véritable création littéraire, et en particulier théâtrale, exige que l'on prenne du recul par rapport aux personnages où l'on voudrait mettre le plus de soi, et que l'on donne une âme à ceux que l'on expose aux rires ou à l'hostilité. Cette âme, où la prendre, sinon en soi-même ? De là tant de débats, oiseux quand ils touchent à la seule histoire littéraire, mais enrichissants quand ils mettent en lumière la complexité des personnages, pour savoir si Molière est ou n'est pas Alceste, ou Arnolphe, voire Argan. Lorsqu'il peignait des « héros de son temps », Molière puisait en lui-même, et se dépassait infiniment. On en dirait autant de Diderot et de son Neveu de Rameau, comme de la plupart des grands hommes de théâtre. Or c'est bien à l'esprit du théâtre que s'apparente *La Chute*. A partir du moment où Camus pousse Clamence sur la « scène » et renonce à parler en son nom personnel, toutes les ambiguïtés sont possibles : Clamence est et n'est pas Camus. Les malentendus qui persistent sur l'identité ou l'opposition du personnage et de son créateur, sur l'hostilité renouvelée ou le ralliement de Camus à l'existentialisme, sur son attitude vis-à-vis du christianisme ne doivent pas nous irriter, bien au contraire : ils témoignent, à leur manière, de l'ambiguïté de l'œuvre, c'est-à-dire de sa richesse et de son autonomie artistique.

4 | L'art de Camus

LE MYTHE ET SES IMPLICATIONS

Nous avons déjà mentionné les mérites de la composition de *La Chute*, les caractéristiques du genre adopté et l'utilisation des symboles : ils tiennent à la personnalité même de Clamence, et l'on ne peut rendre compte du personnage sans s'attarder sur le décor dont il a choisi de s'entourer et sa façon de s'exprimer. On peut toutefois observer comment, en « collant » à son personnage jusqu'à provoquer de graves méprises, Camus s'est éloigné du style qui était le sien dans ses autres chefs-d'œuvre.

- *Mythe ou « nouveau roman »?*

On se souvient de la déception causée aux théoriciens du « nouveau roman » par l'orientation de l'œuvre de Camus; pourtant (voir l'interview publiée dans *Venture Review*, printemps-été 1960), même après la publication de *La Chute*, certains critiques trouvaient des ressemblances entre Camus et les « nouveaux romanciers ». Rien n'est moins évident : alors que les romans de Robbe-Grillet ou de Nathalie Sarraute refusent la dramatisation, l'art du paysage, la signification donnée d'avance aux êtres et aux choses, la cohérence et jusqu'à l'existence de cette entité qu'on appelle le « personnage », *La Chute* conserve toute leur force à ces notions jugées « périmées ».

Et pourtant, elle les conserve si bien à l'intérieur d'une œuvre ironique qu'elle les met en péril. On voit clairement comment la vision de Meursault dans *L'Étranger* s'apparentait aux descriptions de Robbe-Grillet par exemple; le monde désintégré, privé de relations causales et sans orientation définie de Meursault s'opposait à la foi chrétienne ou simplement humaniste de ses juges, comme l'univers sans relief et dénué d'intention apparente, de Robbe-Grillet choque ses censeurs, qui l'accusent de « déshumaniser » la littérature. *La Chute* nous rend un personnage, une histoire, un paysage où chaque objet prend un sens. Mais que vaut ce personnage ? Un rire entendu sur un pont, un soir, l'a fait voler en éclats, et a rendu dérisoire la foi de ceux qui admiraient sa cohérence. Alors, faute de trouver l'unité de sa personnalité dans ce qu'on nomme l'essence humaine, Clamence l'a recherchée par le biais de l'esthétique. Son monologue est un ultime effort pour recoller, fût-ce derrière un masque, les morceaux de son personnage détruit. Il n'empêche qu'il a, à la lettre, perdu son identité, et que ce qui l'entoure ne prend un sens qu'à titre de décor, et le temps d'une confession. En lisant un roman de Robbe-Grillet, le lecteur, prisonnier de vieux réflexes, est tenté de reconstituer le puzzle et, infidèle à l'intention du romancier, de créer une illusion humaniste à l'arrière-plan d'un univers où elle nous est refusée. En nous donnant l'image du puzzle assemblé tant bien que mal par Clamence, Camus met lui aussi en cause, mais de manière ironique, la cohérence des univers romanesques traditionnels. Le mythe « inventé » par Clamence n'en est évidemment pas moins, y compris au plan de la forme, équivoque, et l'académisme des formules peut tromper; il serait cependant aussi illusoire, à notre sens, de penser que *La Chute* fait de Camus un romancier traditionnel que de croire que les mythes de ses dialogues font de Platon un conteur de légendes.

- *Mots clefs et symboles*

Quand on lui demandait quels étaient ses dix mots préférés, Camus répondait : « Le monde, la douleur, la terre, la mère, les hommes, le désert, l'honneur, la misère, l'été, la mer [1]. » Ce sont les mots qui reviennent le plus souvent dans *L'Étran-*

---

1. D'après Morvan Lebesque, *Camus par lui-même*, coll. « Écrivains de toujours », édit. du Seuil, p. 165.

ger, *La Peste, Noces, L'Été*. Ils entrent en concurrence avec d'autres dans *La Chute* : la honte, la vieillesse, la mort, le froid, la brume, les canaux. Et quand on les retrouve, ils sont souvent affectés du signe « moins » : ils représentent le Paradis perdu ; ou encore, ils sont défigurés par l'humour. Rien de plus simple, de plus rectiligne que la composition des grandes œuvres de Camus : rien de plus recherché que la composition de *La Chute*, qui trouve dans les spirales de la conscience et de l'Enfer de Dante la justification de son itinéraire tourmenté. Camus a horreur des mythes, des symboles (« Nous ne gagnerons pas notre bonheur avec des symboles, est-il dit dans *L'Été*. Il y faut plus de sérieux ») : *La Chute* fourmille de symboles. Nous avons relevé ceux qui nous paraissaient indispensables à l'intelligence du texte, mais on peut pousser le jeu beaucoup plus loin : *Mexico-City* est un appel au dépaysement, à l'exotisme ; c'est sur le pont Royal que Clamence a été déchu de sa couronne, et c'est après avoir entendu un rire sur le pont des Arts qu'il a découvert sa duplicité et préféré l'enfer des musées au paradis de la lumière [1]. Ne nous privons pas de ces futilités : elles mettent en cause le goût du symbole de Clamence, non de Camus. Irait-on reprocher à Molière d'abuser des termes médicaux dans *Le Malade Imaginaire*, ou du vocabulaire précieux dans *Les Précieuses Ridicules* ? Camus met en scène un héros de notre temps, qui trahit par son intellectualisme excessif et son esthétisme décadent la simplicité du cœur de l'homme et son aspiration au bonheur. Adoptant, suivant sa propre expression, une technique de théâtre, il était logique qu'il se déprît au profit de son personnage du style qui était habituellement le sien.

• *Les raisons d'une transposition*

Nous avons remarqué en outre qu'en bâtissant ce mythe qui dénonce les faiseurs de mythes, Camus a soigneusement évité de rien mettre de son propre univers. La parabole chrétienne transpose les valeurs humanistes de Camus : mais c'est, à la lettre, en des termes chrétiens que s'exprime la

---

[1]. Le symbolisme des ponts est relevé par Carina Gadourek, ouv. cité.

tragédie de Clamence. Rieux, Meursault, et même Tarrou par adoption, étaient des « compatriotes » de Camus : Clamence est parisien jusqu'au bout des ongles (si l'on peut dire), citoyen exilé de ce Paris où Camus s'est lui-même senti toujours en exil (« Paris est beau, de ma terrasse, écrivait-il, mais je préfère d'autres terrasses, et le soleil »). Le soleil et les rivages perdus de Clamence sont ceux de la Grèce, non de l'Algérie. Ces transpositions se répercuteront évidemment dans les plus petits détails; on trouve dans toute l'œuvre de Camus des signes de tendresse pour la simplicité un peu fruste des gens d'Algérie (Céleste ou Salamano dans *L'Étranger*, Grand dans *La Peste*, ou encore, dans *Noces*, « mon camarade Vincent, qui est tonnelier et champion de brasse junior. Il boit quand il a soif, s'il désire une femme cherche à coucher avec, et l'épouserait s'il l'aimait (ça n'est pas encore arrivé). Ensuite, il dit toujours : « Ça va mieux » - ce qui résume avec vigueur l'apologie qu'on pourrait faire de la satiété [1] »). Dans *La Chute*, les « primates » eux-mêmes ont été naturalisés. Le « gorille » pour qui Clamence éprouve de la nostalgie, parce qu'il n'a pas « d'arrière-pensées », se situe dans un registre tout différent [2]. On peut bien invoquer les exigences artistiques de la transposition : elles ne s'étaient guère imposées à Camus avant *La Chute*. Pourquoi ici et non ailleurs ? Parce que, pensons-nous, *La Chute* est la seule œuvre véritablement ironique et d'un art volontairement contrarié que Camus ait écrite. Il a mis beaucoup de lui-même en Clamence. Mais cette image de lui-même lui faisait sans doute trop peur pour qu'il donnât à l'œuvre un aspect autobiographique, ou même personnel. Il pouvait en envisager plus lucidement les aboutissants logiques, et par là-même l'exorciser, en l'intégrant dans un mythe dont la cohérence n'était pas mise en question par les passions de son auteur.

---

1. In *Noces;* A. CAMUS : *Essais*, bibl. de la Pléiade, p. 69.
2. A simple titre de curiosité, signalons toutefois que le « modèle » du gorille se trouve sans doute dans *L'Envers et L'Endroit (La mort dans l'âme)*, in A. CAMUS, *id.*, p. 32. Seul dans Prague, Camus raconte qu'il était entré dans un restaurant modeste, et qu'il n'avait pu se faire comprendre du serveur, un « colosse au smoking graisseux », avec « une énorme tête sans expression », qui ne parlait pas le français.

CLASSICISME DE « LA CHUTE »

Camus s'est donc fait auteur de mythe et s'est couvert du masque du démon pour mieux le dénoncer. L'entreprise n'allait pas sans risque. Car si Clamence est un personnage de théâtre, il ne parle pas comme Thomas Diafoirus, ni même comme le docteur Knock. Camus l'a doté d'une belle éloquence, d'une éloquence séduisante, et surtout d'une souplesse de style qui n'est peut-être après tout que la manifestation des mille visages que peut prendre le démon.

- *Les divers visages de l'éloquence*

On est sensible au lyrisme de ces tirades sur la Hollande (p. 17-19 entre autres), à l'évocation de ces teintes dorées, riches en harmoniques, par lesquelles Clamence se console de la lumière perdue. Maurice Blanchot faisait jadis observer, dans une étude sur Julien Gracq [1], qu'un écrivain peut très bien encombrer son style d'ajectifs quand, pour une raison ou pour une autre, il veut sembler mal écrire. On ne saurait dire que, dans les pages « lyriques » de Clamence, Camus écrive mal : il se départit de son style habituel, et on se ferait une curieuse idée de lui si on le connaissait au travers de ces seules évocations « flamboyantes » d'Amsterdam, surchargées de symboles et d'allusions : mais son masque ne manque pas d'attrait.

Parle-t-il de la Grèce, Clamence découvre aussitôt un autre langage. Lui qui ne pouvait évoquer la Hollande sans mentionner Lohengrin, voici qu'il aime la Grèce sans ses dieux, pourtant présents partout. Il a vu là-bas des gens qui se donnaient la main, simplement ; et du paysage, il a retenu la netteté géométrique, qui interdit toute confusion (p. 103-104). Éloge pompeux des artifices de la civilisation ou émouvante évocation de l'innocence perdue : les variations de style sont le reflet d'une même tragédie.

Expert en la matière, Clamence sait même que la vraie éloquence se moque - parfois - de l'éloquence. Aux « grands moments » de sa confession, ceux qui laisseront, à la fin de

---

1. *Cahiers de la Pléiade*, n° 2.

l'entretien du jour, l'interlocuteur haletant, Clamence dépouille son style de tout artifice; la fréquentation des grands romanciers, ou son expérience du barreau, lui ont appris qu'il est des cas où les faits parlent d'eux-mêmes, et où l'habileté consiste à les laisser parler. L'épisode du rire entendu sur le pont des Arts, celui de la noyade atteignent à une belle simplicité.

- *Classicisme ou romantisme ?*

Cette souplesse de style apporte-t-elle l'éclairage voulu à chacun des aspects de la confession de Clamence, en effaçant les « effets » derrière leurs réussites et en faisant disparaître l'individualité de Clamence derrière le type humain qu'il prétend incarner ? Ou Clamence parle-t-il trop « bien » pour se faire oublier et sa personnalité est-elle trop forte, trop marquée, pour qu'on y voie l'image de la détresse humaine ? Faut-il, en d'autres termes, conclure au « classicisme » ou au « romantisme » de *La Chute* ? Maurice Blanchot apporte à ce problème un point de vue fort intéressant : « Nous voyons là, dit-il [1], un exemple de la manière dont Albert Camus use de l'art classique à des fins nullement classiques. L'impersonnalité des traits, la généralité des caractères, les détails qui ne répondent à rien d'unique, et jusqu'à la scène du remords qui semble empruntée à une lettre de Stendhal, cette « confession dédaigneuse » qui ne confesse rien où l'on puisse reconnaître quelque expérience vécue, tout ce qui, dans la discrétion classique, sert à peindre l'homme en général et la belle impersonnalité de tous, n'est ici que pour nous faire atteindre à la présence de quelqu'un qui n'est presque plus personne, alibi aussi où il cherche à nous prendre tout en s'échappant. » Il nous faut aller au-delà de la noblesse de la langue et de l'alexandrin pour voir dans la tragédie de Phèdre ou d'Oreste une tragédie qui nous concerne tous. A l'inverse, nous ne devons pas nous arrêter à la plasticité du style de Clamence et à ses prétentions à l'universalité : il est un homme seul. La portée tragique de *La Chute* ne s'en trouve pas diminuée pour autant. Ce dialogue à un per-

---

1. In *Nouvelle N.R.F.*, déc. 1956, *La Confession dédaigneuse*, p. 1050-56.

sonnage, retranché de la communauté des hommes, traduit à sa façon l'universelle tragédie des temps modernes : la tragédie de la solitude. L'ironie, le dédain, l'humour, le désespoir n'en sont que les composantes. « Solitaire ou solidaire » se demandait Camus : le récit de Clamence pousse à la limite, et jusqu'au vertige, le choix exclusif de la première hypothèse.

Conclusion

- *Un tournant dans l'évolution de Camus ?*

Il serait satisfaisant pour l'esprit que la dernière œuvre importante de Camus fût une manière de testament. Elle n'est rien moins que cela. Ainsi que le fait observer Pierre-Henri Simon, l'œuvre de Camus s'achève sur un point d'ironie. Sans doute l'ironie ne désarme-t-elle pas les questions, et il est permis de s'interroger sur la direction dans laquelle Camus paraissait s'engager à partir de *La Chute*. Pour Maria Le Hardouin, il s'agirait vraisemblablement d'un tournant dans l'évolution de sa pensée : « Je reconnais, dit-elle [1], forcer ici, dans un sens qui m'est personnel, une opinion que Camus, au cours du seul entretien que j'eus avec lui, il y a quelques années, ne prit d'aucune manière à son compte, mais à laquelle il n'opposa pas, non plus, aucune objection décisive, ne me répondant pas, quand je lui demandai s'il croyait pouvoir éviter jusqu'au bout le désespoir en misant sur l'homme seul, cet homme auquel il déniait une âme immortelle, seule garantie d'une perfectibilité future. Il ne m'avait rien répondu. » Mais qui pourrait prétendre que ces questions pour lui ne constituaient par un débat secret auquel nous donnait seul l'accès l'acuité profonde d'un regard qu'il ne cessait lui-même d'interroger ? Qui oserait prétendre que, d'une certaine manière, la réponse ne se trouve pas dans *La Chute*, livre paru depuis, et d'un accent autrement plus pessimiste, quoi qu'il puisse sembler d'abord, que celui de *La Peste*, où l'engagement auprès du frère malheureux ne posait pas de problème ? Qui oserait affirmer que, sous le couvert de dénoncer ses propres faiblesses et lâchetés, le narrateur de *La Chute*, Clamence, n'avait pas bel et bien commencé de dénoncer l'irrémédiable banalité des hommes, pour lesquels il était en passe de perdre le goût qui l'avait si longtemps animé à leur égard ? On ne saurait nier qu'une intolérance à soi-même, ainsi qu'une sorte de mauvaise conscience, se faisait jour à travers ce livre, qui finissait par

---

[1] In *La Table Ronde*, fév. 1960, *L'escamoteur*, p. 154-62.

cet aveu désabusé : « Nous avons perdu la lumière... la seule innocence de celui qui se pardonne à lui-même. » Qui oserait affirmer, en effet, que Clamence ne porte pas toute l'amertume de Camus ? Mais qui oserait affirmer, à l'inverse, que Camus ne s'est pas purgé de ses plus mauvais penchants en créant le personnage de Clamence, et que la voie n'était pas libre, désormais, pour une confiance en l'homme plus forte que jamais ?

- *Solitude de l'œuvre d'art*

Mais c'est fausser le débat, à notre avis, que de le situer sur le seul terrain moral. Après avoir obstinément réclamé qu'on jugeât son œuvre du seul point de vue esthétique, André Gide admettait, dans la dernière partie de sa vie, qu'on pût la juger d'un point de vue moral. L'œuvre de Camus nous paraît avoir suivi le chemin inverse. Après avoir été l'héroïque journaliste de *Combat*, le « juste » ou la « belle âme », l'humaniste ou l'homme révolté, celui dont on interprétait comme des articles de morale les paroles aussi bien que les silences, Camus était en passe de devenir un grand artiste. Non que l'art relègue à l'arrière-plan les grands problèmes moraux, mais il les transfigure et leur confère l'ambiguïté du vécu. C'est pourquoi l'on fait sans doute fausse route en interprétant *La Chute* à la lumière des seules valeurs que l'œuvre de Camus contenait jusqu'alors. Ce tournant qu'il abordait, nul n'en était mieux conscient que lui-même.

Dans sa préface à *L'Envers et L'Endroit* (nouvelle édition, publiée en 1958, mais composée dès 1954), il a peut-être laissé le testament que l'on cherche en vain dans *La Chute*, testament profondément touchant, parce qu'il est une humble promesse de renouveau, et de fidélité à soi-même. « Mes fautes, dit-il, mes ignorances et mes fidélités m'ont toujours ramené sur cet ancien chemin que j'ai commencé d'ouvrir avec *L'Envers et L'Endroit*, dont on voit les traces dans tout ce que j'ai fait ensuite et sur lequel, certains matins d'Alger, par exemple, je marche toujours avec la même ivresse. (...)

« Je connais mon désordre, la violence de certains instincts, l'abandon sans grâce où je peux me jeter. Pour être édifiée, l'œuvre d'art doit se servir d'abord de ces forces obscures de l'âme. Mais non sans les canaliser, les entourer de digues, pour que leur flot monte, aussi bien. Mes digues, aujourd'hui, sont peut-être trop hautes. De là, cette raideur, parfois... Simplement, le jour où l'équilibre s'établira entre ce que je suis et ce que je dis, ce jour-là peut-être, et j'ose à peine l'écrire, je pourrai bâtir l'œuvre dont je rêve. Ce que j'ai voulu dire ici, c'est qu'elle ressemblera à *L'Envers et l'Endroit*, d'une façon ou de l'autre, et qu'elle parlera d'une certaine forme d'amour [1]. » On comprend que tant de vraie modestie s'accommode mal d'un prix Nobel. On récompensait Camus d'avoir aussi lucidement envisagé les grands problèmes de son temps : il lui restait, à son gré, à les exprimer par tous les moyens de son art. Nous ne jurerons pas que *La Chute* ait été, pour Camus, le premier jalon de cette voie où il voulait s'engager. Il n'y est guère question d'amour, et le crime de Clamence est justement de s'entourer de digues trop hautes, de se contrefaire dans un rôle d'artiste qui l'isole de la vraie communauté des hommes. Mais peut-être Camus congédiait-il définitivement, par ce biais, l'envers de lui-même pour mieux en découvrir l'endroit. Peut-être *La Chute* était-elle le négatif de ses œuvres à venir. Simple hypothèse : force nous est aujourd'hui de la considérer dans sa seule perfection, et dans sa solitude.

---

1. A. CAMUS : *Essais*, bibl. de la Pléiade, p. 12.

Annexes

« La Chute » devant la critique

La Chute a connu dès sa parution en 1956 un gros succès de librairie et a été traduite dans dix-huit pays au cours des sept années qui ont suivi. Il est vrai que la renommée de Camus était assez solidement établie pour lui garantir d'avance ce succès. Le Prix Nobel, obtenu en 1957, allait encore accroître sa célébrité, surtout à l'étranger. Peu répandues en Espagne et dans les pays de l'Est (Pologne exceptée) pour des raisons faciles à deviner, les œuvres de Camus jouissent d'une grande notoriété dans les pays anglo-saxons et scandinaves et comptent parmi les plus souvent citées aux programmes des universités américaines. Publiée en dernier, ou peu s'en faut, *La Chute* a paradoxalement servi de « phare » à ceux qui découvraient Camus après son Prix ou après sa mort. Pour la critique française, Camus est souvent « l'auteur de *L'Étranger* »; pour la critique étrangère, il est plutôt « l'auteur de *La Chute* ».

Cette situation privilégiée de *La Chute* ne doit cependant pas nous abuser. Après avoir reçu de la grande presse et du public un accueil enthousiaste, elle a divisé les critiques plus que ne l'avaient fait *L'Étranger* ou *La Peste*. « Ce récit est peut-être la meilleure, mais certainement la moins comprise des œuvres de Camus » écrivait Sartre dans *France-Observateur* (7-1-1960). Étiemble émettait un avis semblable. D'autres, à l'inverse, s'avouaient déçus par le manque d'originalité de la forme, ou perplexes devant l'ambiguïté du « message ». Sans prendre position dans le débat, nous devons bien constater que plus de dix-sept ans après sa parution, *La Chute* n'a pas suscité d'études comparables, par leur ampleur et leur qualité, à celles de Sartre ou de P.-G. Castex sur *L'Étranger*. Albert Thibaudet parlait jadis de la « situation » des grands écrivains, qui jalonnent de leurs dates l'histoire de la littérature, et de la « présence » de certains autres : ceux que nous gardons à notre chevet, même s'ils n'ont pas joué un rôle décisif dans l'évolution des formes ou des idées. Reprenant cette distinction au niveau des œuvres, nous opposerions volontiers la « situation » de *L'Étranger* à la « présence » de *La Chute*.

Bibliographie ◀

1. Éditions de « La Chute »

Éditions Gallimard, Paris, 1956, in-16, 171 pages; nombreuses rééditions.

Même édition, avec cartonnage de Mario Prassinos; couverture en couleurs.

Club du Meilleur Livre, Paris, 1958, in-16, 191 pages; couverture illustrée.

In *Récits et Théâtre,* éditions Gallimard, 1958, in-8°, 727 pages; planches en couleurs, couverture illustrée. (Aquarelles par C. Caillard, Edy Legrand, Rufino Tamayo, P.-E. Clairin, André Masson, Orlando Pelayo, etc.)

In *Œuvres Complètes* en 6 volumes; tome I : *Récits et Romans (L'Étranger, La Peste, La Chute)*, avec lithographies originales de Garbell, Sauret édit., 1961, tirage limité à 4 800 exemplaires.

In *Théâtre, Récits, Nouvelles,* préface par Jean Grenier, textes établis et annotés par Roger Quilliot, N.R.F., bibliothèques de la Pléiade, Paris, 1962, réédition en 1967.

Éditions Gallimard, collection « *Le Livre de Poche* », Paris, 1968, 160 pages; réédité dans la collection Folio, Paris, 1971, 160 pages.

2. Bibliographie critique

Comme nous l'avons dit, il n'existe pas, du moins en français, d'ouvrage important exclusivement consacré à *La Chute*. On devra donc se reporter à des études plus générales postérieures à 1956, ou à des articles de revues ou de journaux.

- *Ouvrages*

L'édition de la Pléiade, préfacée par Jean Grenier et annotée par Roger Quilliot, riche en textes inédits, en variantes et en commentaires, nous paraît être le meilleur auxiliaire qui soit à une étude approfondie de l'œuvre de Camus et de *La Chute*.

Citons en outre :

Camus, par J.-C. BRISVILLE, Gallimard édit., « Bibliothèque Idéale », 1959.

Camus par lui-même, par MORVAN LEBESQUE, édit. du Seuil, coll. « Écrivains de toujours », 1963; donne de Camus une image attachante et sans doute fidèle; contient des inédits intéressants.

Albert Camus ou le Vrai Prométhée, par ANDRÉ NICOLAS, éditions Seghers, coll. « Philosophes de tous les temps », 1966; s'attaque avec virulence à l'interprétation pré-chrétienne de l'œuvre de Camus.

Camus, par JEAN ONIMUS, Desclée de Brouwer édit., coll. « Les écrivains devant Dieu », 1965; qu'on comparera avec profit avec l'étude d'André Nicolas.

Camus le Juste, par A. HOURDIN, édit. du Cerf, 1960.

Pour connaître la pensée de Camus, par PAUL GINESTIER, Bordas édit., 1964; traite de l'aspect proprement philosophique de l'œuvre de Camus.

Parmi les plus récents, citons notamment :

Pour un nouveau procès de l'Étranger (pp. 13-52), par RENÉ GIRARD (contient de nombreux aperçus intéressants sur *La Chute*).

The interlocutor in La Chute : a key to its meaning, par H. ALLEN WHARTENBY, in *Publications of the Modern Language Association*, October 1968.

Paysage et psychologie dans l'œuvre de Camus, par RICA IONESCU, in *Revue des sciences humaines*, avril-juin 1969.

Albert Camus et Jean Lorrain. Une source de La Chute : Monsieur de Bougrelon, par L.-F. HOFFMANN, in *Revue d'Histoire littéraire de la France*, janv.-fév. 1969.

Sur « La Chute », *Revue des Lettres Modernes*, n° 238-244, 1970.

- *Articles*

Voir les numéros spéciaux de *La Table Ronde* de février 1960, de *La Nouvelle Revue Française* de mars 1960 et de *Preuves* d'avril 1960 consacrés à Camus.

N.R.F., déc. 1956, MAURICE BLANCHOT : *La confession dédaigneuse*.

Esprit, avril et mai 1958, JEAN CONILH : *Albert Camus, l'exil sans royaume*.

Mercure de France, août 1956, GAËTAN PICON : La Chute d'*Albert Camus*

et les comptes rendus de *La Chute* dans la presse quotidienne ou hebdomadaire, notamment dans *Le Monde* du 30 mai 1956, *Le Figaro* du 31 mai 1956, *Le Figaro Littéraire* du 26 mai 1956, *L'Express* du 1er juin 1956, etc.

- *Ouvrages d'un abord plus difficile :*

Les innocents et les coupables, Essai d'exégèse de l'œuvre d'Albert Camus, par CARINA GADOUREK, Mouton & C° édit., La Haye, 1963.

La métaphysique du bonheur chez Albert Camus, par PIERRE NGUYEN VAN HUY, Éditions de la Baconnière, Neuchâtel, 1968.

Moins scolaires que les précédents, deux beaux essais d'auteurs qui ont bien connu et aimé Camus :

La mer et les prisons. Essai sur Albert Camus, de ROGER QUILLIOT, édit. Gallimard, 1955.

Albert Camus, souvenirs, de JEAN GRENIER, édit. Gallimard, 1968.

Enfin, une biographie volumineuse, aussi complète que possible :

Albert Camus, d'HERBERT L. LOTTMAN (trad. M. Véron), édit. du Seuil, 1978 (biographie monumentale, qui se lit comme un roman, mais offre peu d'approches littéraires nouvelles).

▶ Index des noms propres

AUGUSTIN (Saint) : l'un des Pères de l'Église catholique. Né à Tagaste (Afrique romaine) en 354, mort à Hippone en 430. Auteur notamment de *La Cité de Dieu* et des *Confessions*. Sa croyance en la prédestination l'a fait parfois considérer comme un des précurseurs du jansénisme. Sa pensée a intéressé, et peut-être influencé Camus, dont le Diplôme d'Études Supérieures *(Métaphysique chrétienne et Néoplatonisme)* s'était d'abord intitulé : *Hellénisme et Christianisme, Plotin et saint Augustin*.

BUZZATI (Dino) : écrivain italien (1906-1972). Connu surtout pour ses romans : *Le Désert des Tartares* et *Un Amour*. Une de ses pièces, *Un Cas intéressant*, fut adaptée par Camus et jouée à Paris en 1955 ; Camus y avait été sensible à l'expression de « la solitude de l'homme en proie au mode moderne ».

DOSTOIEVSKI (Fédor) : écrivain russe (1821-1881). Auteur notamment de *L'Idiot*, *Crime et Châtiment*, *Les Frères Karamazov* et *Les Possédés*, « une des quatre ou cinq œuvres que je mets au-dessus de toutes les autres » disait Camus. Il l'adapta à la scène ; sa pièce fut représentée pour la première fois à Paris le 30 janvier 1959. « Pour moi, écrivait-il, Dostoïevski est d'abord l'écrivain qui, bien avant Nietzsche, a su discerner le nihilisme contemporain, le définir, prédire ses suites monstrueuses, et tenter d'indiquer les voies du salut. »

FAULKNER (William) : romancier américain (1897-1962). Auteur de *Sanctuaire, Lumière d'Août, Le Bruit et la Fureur*. Camus adapta pour la scène son *Requiem pour une Nonne* (1956). De son œuvre, il disait : « C'est la religion de la souffrance. L'univers de Dostoïevski, avec en plus la rigueur protestante.

KAFKA (Franz) : écrivain tchèque de langue allemande (1883-1924). Auteur du *Procès* et du *Château*. Camus lui a consacré une étude : *L'espoir et l'absurde dans l'œuvre de Franz Kafka*, publiée en appendice au *Mythe de Sisyphe*.

NIETZSCHE (Friedrich) : philosophe allemand (1844-1900). *L'Homme révolté* contient une étude sur *Nietzsche et le Nihilisme*.

SARTRE (Jean-Paul) : philosophe français né en 1905, représentant le plus célèbre en France de l'existentialisme. Probablement, avec Camus, l'écrivain le plus représentatif de la pensée française d'après-guerre. Leur brouille même symbolise remarquablement deux positions devant l'action, la politique et le métier d'écrivain.

▶ Thèmes de réflexion

1. Que faut-il penser de cette phrase de Roger Grenier : « Le narrateur un peu abstrait de ce récit corrosif *(La Chute)*... parle en fait pour chacun de nous et nous fait avouer qu'être heureux, c'est déjà être coupable » ? (*Albert Camus dix ans après*, Le Monde, 10 janvier 1970.)

2. L'humour de Clamence.

3. Vous paraît-il que Clamence est le même homme au début et à la fin de sa confession ? Vous vous demanderez dans quelle mesure votre réponse peut éclairer le sens même de l'œuvre.

4. L'interlocuteur de Clamence. S'agit-il tout simplement du lecteur ? Joue-t-il le rôle d'un « personnage » à l'intérieur de la fiction imaginée par Camus ?

5. Le rôle du « décor » dans *La Chute*.

6. Parlant de *La Chute*, Jacques Madaule écrit : « En un certain sens, c'est comme une réplique et une réponse à *L'Étranger*. » (*Camus et Dostoïevski*, La Table Ronde, CXLVI, 1960, p. 132). Qu'en pensez-vous ?

7. *L'Étranger* et *La Chute* soulèvent, chacun à sa manière, le problème de la justice des hommes. Vous essaierez, à la lumière des deux œuvres, de vous faire une idée des sentiments de Camus sur cette question.

8. Tout semble différencier Meursault et Clamence : leur âge, leur culture, leurs origines. En quoi leur drame est-il pourtant le même ?

9. On a vu quelquefois dans Clamence un prolongement du personnage de Tarrou *(La Peste)*. Qu'en pensez-vous ?

10. Clamence et Caligula.

11. Ainsi que le fait remarquer Roger Grenier (*Le Monde*, article cité), Rieux, dans *La Peste*, dit « il », mais ce « il » cache un « je » ; à l'inverse, Clamence dit « je », mais prétend parler au nom de tous les hommes. Vous méditerez sur l'importance que peut avoir le choix des pronoms personnels dans les deux œuvres, et en particulier sur la singularité et l'universalité des deux personnages.

12. « L'unité de ce roman, dit Camus en parlant du « roman américain » (dans *L'Homme Révolté*, chap. VI, *Révolte et Art*), n'est qu'une unité d'éclairage. Sa technique consiste à décrire les hommes par l'extérieur, dans les plus indifférents de leurs gestes, à reproduire sans commentaires les discours jusque dans leurs répétitions, à faire enfin comme si les hommes se définissaient entièrement par leurs automatismes quotidiens. » Vous vous demanderez ce qui apparente l'œuvre romanesque de Camus à celle des grands romanciers américains (Steinbeck, Faulkner, Hemingway...) et ce qui l'en éloigne.

13. Près de quinze ans après la mort de Camus (survenue le 4 janvier 1960), on constate que sa gloire n'a pas connu l'éclipse que connaissent généralement les grands écrivains quelques années après leur disparition. A quoi attribuez-vous ce phénomène ? L'œuvre de Camus vous paraît-elle dans son ensemble répondre encore aux questions que se pose le monde, et en particulier la jeunesse d'aujourd'hui ?

Index des thèmes

Références aux pages du « PROFIL »	Références aux pages de « La Chute » (Édition Folio)
Amitié	35-36
Christianisme, religion, **19, 52, 54**	13, 25, 34, 55, 117, 119, 123, 141-143
Exil, **40-42**	
Froid, fièvre..., **39-40**	76, 127, 145, 153, 156
Innocence, culpabilité..., **35, 51-52**	23, 86, 93, 116, 118, 147, 156
Juge, jugement, justice..., **18, 20**	27, 31, 91, 124, 137-141, 147-156
Langage, **55-57, 64-65**	16-17
Masque, double..., **42-44, 61**	44, 60, 96
Mensonge, vérité, **46, 47**	
Mort	38-41-79, 95-96
Mythes, **41, 60-63**	17-18
Soleil, évasion..., **39, 63**	20, 48-49, 103-104, 152
Théâtre, rhétorique, **35-38, 55-57, 64-65**	10, 52-53, 93

Aubin Imprimeur
LIGUGÉ, POITIERS

Achevé d'imprimer en janvier 1994
N° d'édition 13772 / N° d'impression L 44457
Dépôt légal janvier 1994 / Imprimé en France